오로라를 따라간
푸트만스 씨

오로라를 따라간
푸트만스 씨

헨드릭 흐룬 | 최진영 옮김

DRÖM

출발 시 커피 또는 차 한 잔 무료 제공.

우편으로 받은 여행 서류를 훑어보다 이 문장에 눈길이 멈춘 회르트 푸트만스 씨는 평소처럼 재빠르게 계산을 시작했다.

"슬로터다이크 역에서 출발하는 올드 미스터리 투어사의 여행 상품에 2,324유로를 지불하면 무료로 커피나 차 한 잔을 받을 수 있네."

그가 혼자서 중얼거렸다.

"커피 한 잔의 가격을 2유로 50센트로 가정하면…."

푸트만스 씨는 눈을 감고 계산해 보았다.

"전체 여행 비용에서 약 1.1퍼밀의 할인을 받는 거네. 그런데 그것보다 더 중요한 게 있지."

푸트만스 씨는 말을 이었다.

"아침 6시에 슬로터다이크 역에 문을 연 가게는 없을 테니, 버스에 커피 머신이 있다는 게 큰 장점이군."

확인하려면 여행사에 전화를 걸어서 정말 버스에 커피 머신이 있는지 물어야 했다. 만약 그렇다면 보온병은 집에 놔두고 갈 수 있을 것이다.

푸트만스 씨는 준비 목록에서 '보온병 1개' 옆에 물음표를 추가해 적고는 깊은 생각에 잠겼다.

회르트 푸트만스, 47세 미혼으로 키는 (반올림해서) 175센티미터였고, 몸무게는 (반올림 없이) 90킬로그램, 안경을 쓰며 약간 탈모가 진행된 상태다. 창백한 얼굴의 오른쪽 뺨에 있는 와인 얼룩 같은 반점이 눈에 띈다.

학창 시절 회르트는 체육 점수는 노력이 가상하다며 겨우 6점을 받은 반면, 수학은 항상 10점 만점을 받았다. 회르트는 중고등학교를 졸업한 후 대학에 진학해 회계학을 전공하고, 우수한 성적으로 졸업했다. 이후 매트리스 도매업체에서 회계사로 일하기 시작해서 현재까지 25년 6개월을 같은 곳에서 근무 중이다.

졸업 후, 회르트는 회계 법인의 양대 산맥인 딜로이트와 언스트 앤 영으로부터 러브콜을 받았지만, 삼촌인 프리츠가 운영하는 매트리스 회사를 선택했다. 그는 모든 것을 간결하고 체계적으로 유지하는 걸 선호했기 때문이다.

회르트에게 '더 좋은 수면 매트리스'의 회계 업무는 식은 죽 먹기였다. 그래서 철저하게 정확성을 추구하는 데 더 많은 시간과 노력을 기울일 수 있었다. 지난 25년 6개월 동안, 그가 작성한 재무제표와 대차대조표에는 단 한 치의 오차도 없었다.

반년 전, 회르트가 입사 25주년을 맞이하자 현 사장(삼촌 프리츠는 11년 전 자신이 만든 매트리스 위에서 평화롭게 세상을 떠났다)은 그에게 화분 하나와 한 달 치 월급을 보너스로 주었다. 25년 동안 근무한 모든 직원에게 주어지는 선물이었다.

회르트는 사실 걱정이 많았다. 입사기념일이 1월 5일인데, 1월 10일이 되어도 선물을 줄 기미가 보이지 않았기 때문이다. 혹시 사장이 나의 입사기념일을 잊은 걸까? 하지만 1월 11일 오전 8시 28분에 회르트가 사무실에 들어섰을 때, 그의 책상 위에는 커다란 벤저민 고무나무 화분과 생크림 케이크가 놓여 있었다. 책상 옆에서는 사장과 그의 비서, 두 명의 창고 직원 그리고 운전기사로 구성된 즉석 합창단이 '축하합니다'를 열창했다.

노래를 마친 후 사장은 회르트의 25주년을 축하하는 연설을 하고, 비서는 케이크를 잘랐으며, 운전기사는 커피를 따랐다.

"기념사! 기념사! 기념사!"

창고 직원들이 입안 가득 케이크를 문 채로 기념사를 연호하는 바람에 생크림 덩어리가 여기저기로 튀었다. 회르트는 이 모든 광경에 긴장한 나머지 식은땀이 났다.

"자, 회르트, 간단한 감사 인사라도 해봐요."

사장이 그를 격려했다. 회르트는 팔을 어디에 둬야 할지 몰라 고민하다가 그냥 팔짱을 끼기로 했다. 그는 목소리를 가다듬었다.

"존경하는 동료 여러분. 저는 음… 이 모든 것이, 음… 정말 놀랍고 기쁩니다. 특히 오늘은 제가 입사한 지 정확히 25년하고 6일이 지난 날이라, 여러분이 잊어버린 줄 알았거든요. 이 식물도 참 멋지고, 부디 안 죽었으면 좋겠어요. 그리고 케이크도 맛있네요."

잠시 정적이 흘렀다.

"보너스로 뭘 할지 계획이 있으신가요?"

비서가 물었다.

"아직 모르겠어요."

"여행을 떠나보는 건 어때요?"

그녀가 제안했다. 회르트는 침을 삼켰다.

"음… 아마 그것도 좋을 것 같네요, 네. 잘 모르겠지만요."

★

회르트는 1970년대에 지어진 베베르베이크의 방 네 개짜리 아파트에서 어머니와 함께 살고 있었다. 그의 아버지는 18년 전 대장암으로 세상을 떠났다. 아버지의 죽음을 계기로, 회르트는 자신이 확인할 수 있는 건강 통계를 모두 찾아보았다. 인근에 있는 호호번스*의 철강 공장이 암을 유발했을 가능성이 있는지 확인하고 싶었기 때문이다. 그가 내린 결론은 측정할 수 없는 여러 요인이 관여했을 가능성이 크기 때문에 공장의 영향으로 단정할 수 없다는 것이었다. 실제로 대장암으로 사망할 확률이 다른 지역보다 유의미하게 높지는 않았다. 하지만 철강 공장이 원인일 가능성도 완전히 배제할 수는 없었다.

회르트는 이렇게 불확실성이 큰 상황에 몹시 동요했다. 심지어 아버지가 세상을 떠난 지 얼마 되지 않아 어머니가 어지럼증, 만성 피로, 근육통 같은 증상을 겪기 시작하면서, 상황은

---

* 네덜란드 암스테르담 근처에 위치한 철강 회사

더욱 나빠졌다.

"곧 괜찮아질 거야."

어머니는 몇 달 동안 이런 증상을 대수롭지 않게 넘겼다. 그러다 이유 없이 일주일 안에 두 번이나 넘어진 후에 어머니는 마지못해 동네의 작은 병원을 찾아갔다. 하지만 의사는 아무 문제도 찾지 못했고, 어머니를 내과 전문의에게 보냈다. 내과 전문의는 여러 검사를 진행한 뒤 다시 신경과 전문의에게 의뢰했다. 신경과 전문의가 추가 검사를 거친 뒤 비보를 전했다.

"푸트만스 부인, 다발성 경화증을 앓고 계십니다."

신경과 전문의는 다발성 경화증이 증상이나 병의 진행 속도 면에서 예측할 수 없는 질병이라고 설명했다.

"그렇다면 제가 이 병에 걸렸어도 오래오래 행복하게 살 거라 가정해도 되겠네요."

회르트의 어머니는 이렇게 대답했다. 신경과 전문의는 놀란 표정을 지었다. 이렇게 긍정적이고 낙관적인 환자는 흔하지 않았다. 반면에 회르트는 엄청난 충격을 받았다. 앞으로 어떻게 해야 할까? 어머니는? 그리고 나는?

그래도 이 상황에 한 가지 긍정적인 면은 있었다. 지난 몇 년간 계속됐던 "독립해서 혼자 살아봐"라는 어머니의 권유가 사라졌다는 점이다. 이제 회르트가 어머니를 돌봐야 했다. 그

것이 그의 아픔을 조금이나마 덜어주었다.

어머니가 많이 아프고, 그 병이 어떻게 진행될지 알 수 없다는 생각이 그를 무겁게 짓눌렀다. 이후로 몇 달간 힘든 시간이 이어졌다. 하지만 회르트는 조금씩 상황에 적응해 갔고, 서서히 규칙적이고 평온한 생활이 다시 자리 잡기 시작했다.

어머니는 요리와 집안일을 맡았고, 그는 쓰레기통을 밖에 내놓고 재정을 관리하며 장을 보았다.

회르트는 일주일에 두 번 어머니에게 장보기 목록을 받아서 알버트 하인 슈퍼마켓에 갔다. 목록에는 모든 물품의 브랜드, 포장 크기, 필요한 개수가 정확히 적혀 있었다. 회르트는 항상 같은 매장에 갔기에 모든 물건의 위치를 완벽히 꿰고 있었다. 간혹 찾는 물건이 없으면 그는 당황해서 식은땀을 흘리며 어머니에게 전화해 대책을 논의하곤 했다.

어머니의 건강은 느리지만 확실하게 악화됐고, 결국 집안일 대부분도 회르트가 맡게 되었다. 몇 년 후에는 어머니가 휠체어 신세를 지게 되어 할 수 있는 일이 더 줄어들었다. 그래도 요리만큼은 어머니가 했다. 회르트가 요리를 할 줄 몰랐기 때문이다. 그는 자신이 여러 음식을 덜 익거나 타지 않도록 동시에 조리해서 완성시키는 방법을 계산하지 못하는 걸 불안해했다.

그래서 그는 지시를 정확히 따르는 보조 역할만 맡았다. 예를 들어, "중간 크기의 감자 다섯 개를 꺼내라", "프라이팬을 준비해라", "시금치를 씻어 와라" 같은 지시였다.

회르트는 토요일과 일요일 저녁 식사를 책임졌다. 토요일에는 빵과 통조림 수프를 먹었고, 일요일에는 중국집에서 나시* 스페셜 한 그릇을 사 왔다. 나시에는 마른 햄 조각이 올라가는데 처음 몇 번은 버렸지만, 계속 버리기는 아까웠다. 그래서 회르트는 중국집의 포장 주문대에 있는 여자 직원에게 아예 햄을 빼달라고 요청하면서 이렇게 말했다.

"할인을 해줄 필요는 없어요."

회르트의 말을 이해 못 한 직원이 그를 바라보았다. 회르트는 설명을 덧붙이려 애썼다.

"가게의 회계 담당자가 이런 작은 할인을 처리하기 어려울 거라는 걸 압니다. 그러니 햄을 뺐다고 해서 할인해 주실 필요는 없어요. 다만 음식을 버리는 건 아깝잖아요. 그러니 같은 가격에 햄을 빼고 주시면 좋겠어요."

중국집 직원은 고개를 끄덕였지만, 회르트의 말을 제대로

---

* 네덜란드에서 흔히 먹는 인도네시아식 볶음밥의 한 종류

이해하지 못해 동료를 불렀다. 비록 회르트의 요청을 정확히 전달하는 데 시간이 조금 걸리긴 했지만, 그 이후로 매주 일요일 오후 6시가 되면 그 직원은 회르트를 보고 웃으며 이렇게 외쳤다.

"나시 스페셜, 햄은 빼고!"

매일 아침 9시에는 방문 간호사가 어머니를 씻기고 옷을 입히러 왔다. 평일에는 회르트가 이미 출근했을 시간이었다.

회르트는 출근하기 전, 8시 10분에 어머니를 위해 차와 간단한 식사를 준비했다. 주전자에 보온 커버를 씌우고, 빵 두 조각을 구워서 한 조각은 치즈를, 다른 조각은 초코 스프링클을 발랐다.

방문 간호사가 떠나면 어머니는 휠체어를 타고 집 안을 돌아다녔다. 그녀는 퍼즐을 맞추고, 자매와 친구들에게 전화를 걸었으며, 주간지를 읽었다. 간단한 집안일을 하거나, 아들을 위한 스웨터를 뜨기도 했다.

때때로 누군가가 커피나 차를 마시러 방문하거나, 어머니가 이웃집을 찾아가기도 했다. 이웃집 아이들은 그녀를 "야니 할머니"라고 불렀는데, 그 호칭은 그녀에게 작은 아픔을 느끼게 했다. 어머니는 늘 자신을 할머니라고 불러줄 진짜 손자가 생기기를 바랐기 때문이다.

오후 5시 30분이 되면 회르트가 퇴근해서 집에 돌아왔다. 그는 어머니에게 포트 와인을 따라주고 자신은 다이어트 콜라를 마셨다. 그런 다음에는 둘이 함께 요리하고 설거지를 했다. 저녁 시간에는 뉴스를 보고, 어머니가 주간지에 표시해둔 TV 프로그램을 보았다. 어머니가 고른 TV 프로그램이 마음에 들지 않을 때면 회르트는 그림을 그렸다.

그는 그림을 꽤 잘 그렸다. 특히 바다를 비롯한 풍경화를 그리는 데 능숙했다. 한번은 나체 여성을 그린 적도 있었다. 어머니는 그 그림이 멋지다고 했고, 회르트 자신도 꽤 만족스러웠지만, 혹 집을 찾아온 손님들이 보면 뭐라고 생각할지 걱정되어 그 그림을 걸 엄두를 내지는 못했다.

하지만 그림을 그려놓고 걸지도 못할 거라면 뭐 하러 그린단 말인가? 그것은 시간 낭비였다. 그래서 집 안 곳곳에는 오직 바다와 자연을 그린 풍경화만 걸려 있었다.

회르트는 목요일 저녁에는 그림 강좌에 다녔고, 토요일 오후에는 페탕크 클럽에서 페탕크를 즐겼으며, 일요일에는 어머니와 함께 외출했다. 주로 공원을 산책하거나, 때로는 시장이나 근처 콘서트를 찾았다.

어머니는 밝고 낙관적이었다. 반면에 회르트는 삶에서 잘못될 수 있는 일들에 많은 신경을 썼다. 예를 들어, 하늘이 조금만 흐려도 비가 올 것을 대비했다. 그래서 날씨 앱은 회르트에게 친구 같은 존재였다.

언젠가 어머니가 이 문제로 그를 놀린 적이 있었다.

"넌 날씨 예보관이 되어야 했어, 회르트."

"엄마, 제가 예측 불가능한 걸 싫어하는 거 알잖아요. 날씨만큼 예측 불가능한 게 또 어디 있어요."

"하지만 그래서 '날씨 예보'라고 부르는 거잖니?"

"네, 그래서 제가 예보 같은 건 못 믿는다니까요."

"그냥 농담이었어, 애야."

어머니는 휠체어에 완전히 의존하게 되어 거의 아무것도 할 수 없을 때도 회르트의 손을 잡고 미소를 지으며 말했다.

"우리 꽤 괜찮게 살고 있지 않니, 애야."

회르트는 그럴 때 미소로 답하고 고개를 끄덕여야 한다는 것을 배웠다. 비록 속으로는 의구심을 품고 있을지라도.

그림 그리기와 페탕크 외에도 회르트에게는 또 다른 취미가 있었다. 바로 음악 감상이었다. 그의 침실에는 오래된 턴테이블, 앰프, 두 개의 스피커가 놓인 테이블이 있었다. 벽에는 수백 장의 LP가 꽂힌 큰 선반이 있었고, 그 옆에는 수백 장의 싱글 CD가 꽂힌 작은 책장이 있었다.

그의 음반 컬렉션은 60년대, 70년대, 80년대, 90년대를 아울렀다. 다만 2000년 1월 1일 이후의 음악은 수집하지 않았다. 공간이 부족하기도 했지만, 무엇보다 그가 하우스, 힙합, 랩 음악을 좋아하지 않았기 때문이다.

모든 음반은 아티스트 이름에 따라 알파벳순으로 정리했다. 이 때문에 여러 아티스트가 함께 수록된 컴필레이션 음반은 구매하지 않았다. 이런 음반이 있으면 보관 체계에 문제가 생기니까.

회르트가 모은 음반 대부분은 중고품 가게의 박스에서 찾아낸 것이었다. 여전히 그는 반년에 한 번씩, 반나절을 내어 자신의 컬렉션에 부족한 보석 같은 음반을 찾으러 다녔다. 구매한 음반에 너무 많은 흠집이 있을 경우, 다음에 방문할 때 무료로 교환할 수 있도록 가게의 약속도 받아두었다.

월요일 저녁, 즉 회르트가 선호하는 TV 프로그램이 별로 없는 날이면, 그는 저녁 식사 후 방으로 들어갔다. 거기서 그는 그동안 공식적으로 선정된 톱 40 차트에서 자신만의 특별한 방식으로 개인적인 톱 40곡을 골라냈다.

회르트는 1965년 1월 2일에 나온 첫 번째 톱 40부터 1999년 12월 25일에 나온 마지막 톱 40까지 모든 목록을 가지고 있었다. 모든 목록은 일곱 개의 바인더에 깔끔하게 정리되어 있었다.

회르트가 고른 40장의 LP와 싱글 CD는 열 장씩 네 개의 더미로 정리되어 턴테이블 옆에 놓였다. 그리고 정확히 저녁 8시가 되면 그는 마이크를 연결했다.

"안녕하세요, 신사 숙녀 여러분. 월요일 저녁 8시, 이 시대의 하나 남은 진정한 DJ 회르트의 톱 40 시간입니다. 오늘은 40위를 차지한, 진정한 클래식으로 시작합니다. 무디 블루스의 〈나이츠 인 화이트 새틴〉입니다. 음악이 흐르는 동안 춤을 추셔도 좋습니다."

그런 다음 그는 턴테이블 바늘을 최대한 정확히 곡의 시작 부분에 놓았다. 몇 곡에서는 눈을 감고 음악의 박자에 맞춰 자신만의 독특하고 따라 하기 어려운 동작으로 몸을 움직이기도 했다.

회르트가 가장 좋아하는 밴드는 아바였다. 그는 아바의 모든 곡을 알고 있었으며, 처음부터 끝까지 따라 부를 수도 있었다. 그는 수년간 자신만의 톱 40을 선정해 왔지만, 그중에 아바의 곡이 들어가지 않았던 적은 한 번도 없었다.

그는 월요일 저녁마다 실제로는 존재하지 않는 청중을 위해 곡 하나하나를 신중하게 발표했다.

저녁 9시쯤 어머니가 그의 방문을 두드리며 머리를 살짝 내밀었다.

"잠깐 쉬어 가, 멋진 디제이. 다이어트 콜라 마실 시간이야."

휘르트는 프로그램 진행을 방해받은 것이 불만스러웠지만, 어머니가 곧바로 사라졌기 때문에 금방 다시 이어갔다.

밤 10시가 되자 그는 마지막 곡을 발표했다.

"벌써 시간이 다 되었네요. 지금까지 들어주셔서 감사합니다. 다음 주에 다시 만나요. 마지막 곡으로 이 멋진 새로운 넘버 원을 보내드립니다. 로저 휘태커의 〈더 라스트 페어웰〉입니다."

어떤 아티스트가 세상을 떠나면, 휘르트는 그 주의 톱 40에서 1위를 그들에게 헌정하는 방식으로 추모했다. 이번에는 로저 휘태커가 그의 곡과 함께 1위를 차지했다. 한 번은 같은 주에 두 명의 음악가가 사망하는 바람에 공동 1위를 발표해야 했던 적도 있었다.

휘르트는 할 일이 없을 때, 종종 침울함에 빠지곤 했다. 어머니가 돌아가신다면 그의 삶은 어떻게 될까? 그는 이 크고 어두운, 해결할 수 없는 문제를 잊고 싶을 때 그림을 그리거나 음악을 들었는데, 때로는 숫자와 씨름하는 것으로 떨쳐내기도 했다.

숫자는 휘르트에게 마음의 버팀목이었다. 예를 들어, 테니스를 볼 때, 그는 선수가 서브를 넣기 전에 공을 튀기는 횟수를 세곤 했다. 2019년 롤랑가로스 테니스 대회에서 조코비치는 팀과의 5세트 경기 동안 서브를 넣기 전에 공을 총 3,381번 튀기며 최고 기록 보유자가 되었다.

물론 약간의 불확실성도 있었다. 조코비치가 공을 튀길 때 화면에 잡히지 않는 경우가 있었기 때문이다. 그럴 땐 소리를 기반으로 추정해야 했는데, 때로는 소리도 명확하지 않았다.

그가 나중에 한 계산에 따르면 이 경기를 텔레비전으로 본 사람이 1억 명이라고 가정했을 때 공을 튀기는 모습을 시청한 횟수는 총 3381억 번이 된다. 한 번 튀기는 데 평균 0.7초가 걸린다고 할 때, 모든 시청자가 본 시간을 합치면 총 6570만 시간이 된다.

이 계산에서 나름대로 큰 오차 범위를 받아들여야 한다는 점이 회르트를 꽤나 괴롭혔다.

★

어머니는 방문 간호사가 창가 옆에 준비해 준 환자용 침대에 누워 있었다.

회르트는 어머니가 돌아가시기 며칠 전부터 낮에는 침

대 옆 의자에 앉아 있었고, 밤에는 접이식 침대를 옆에 두고 잤다. 어머니가 병원에 입원하기를 거부했기 때문이다.

"집에 있는 게 편해. 아프든, 안 아프든."

이것이 반박할 수 없는 그녀의 논리였다. 간호사는 하루 세 번 그녀를 돌보며, 진통제를 주고 주치의와 소통했다.

회르트는 어머니에게 차를 끓여드리고, 과일을 작은 조각으로 잘라 먹여드렸다. 하루에 몇 번씩 조심스럽게 어머니의 이마를 수건으로 닦아주고, 어설프게나마 머리를 빗겼다. 아침에는 주간지를 읽어드렸고, 어머니가 고른 라디오 프로그램을 틀어드리곤 했다. 그 시간 동안 회르트는 거의 내내 어머니의 손을 꼭 잡고 있었다.

어머니는 부드러우면서도 단호한 목소리로 말했다.

"사랑하는 우리 회르트, 잘 들으렴. 내가 죽더라도 너무 오래 슬퍼할 필요는 없단다. 나는 정말 멋진 삶을 살았어. 네 아빠와 너와 함께 말이야. 더할 나위 없는 남편과 아들이었지."

어머니는 미소를 지었다. 회르트도 미소로 답하며 어머니의 손을 꼭 잡았다.

"너 자신을 잘 돌보겠다고 약속해 줄래, 아들아?"

회르트는 고개를 끄덕였다.

"물론이에요, 엄마."

"이제 너도 여유가 좀 생기겠지, 애야. 그러면 멋진 여행을 떠나보지 않을래?"

"무슨 여행이요?"

"너 오로라를 보고 싶어 했잖아?"

회르트는 대답하지 않았다.

"네가 자주 그렇게 말하는 걸 들었어."

"자주는 아니고, 두 번이에요."

"꼭 가보렴, 회르트. 정말 좋을 거야."

"알겠어요, 엄마. 생각해 볼게요."

"최소한 알아보기는 하겠다고 약속해 줘."

회르트는 아무 말 없이 고개를 끄덕였다. 말을 마친 어머니는 곧 잠이 들었다. 회르트는 창밖을 바라보며 어머니의 손을 쓰다듬었다.

유난히 아름답던 5월의 어느 날 오후 4시 10분에 어머니는 세상을 떠났다. 어머니의 몸이 아주 조금, 거의 느껴지지 않을 정도로 경련하더니 머리가 옆으로 살짝 기울어졌다. 얼굴은 평온했다. 마치 미소를 짓는 것 같았다.

회르트는 옆에서 어머니의 손을 잡고 앉아 어머니의 얼굴을 바라보았다. 그는 가끔씩 침을 삼키면서 어머니의 손이 천천히 차가워지는 것을 느꼈다.

3시간이 지나 간호사가 약을 건네러 왔을 때, 회르트는 여전히 어머니의 곁에 앉아 간호사가 들어오는 것을 알아차리지 못했다. 문을 연 간호사는 잠시 멈춰 섰다.

"회르트?"

간호사가 조용히 속삭였다. 회르트는 간호사의 말을 듣지 못한 것 같았다.

"회르트?"

간호사가 좀 더 크게 부르고는 회르트의 곁으로 다가가 조심스럽게 어깨에 손을 얹었다.

"엄마가 돌아가셨어요."

회르트가 고개를 들지 않고 말했다.

"손이 차가워요. 엄마 손은 항상 따뜻했는데."

"네, 돌아가셨습니다. 이제 의사와 장의사를 불러야 해요."

"조금만 더 기다려주세요."

"어머니가 정말 평화로워 보이시네요, 그렇죠?"

"네, 엄마는 정말 아름다워요. 입만 빼고요."

회르트는 힘겹게 어머니의 손에서 자신의 손을 빼고 살짝 벌어진 그녀의 입을 조심스럽게 닫으려 했다.

"장의사에게 부탁해 볼까요?"

간호사가 물었다. 회르트는 멍한 표정으로 간호사를 바라보았다. 잠시 침묵이 흐른 뒤, 그가 대답했다.

"네, 그게 더 낫겠네요."

회르트는 일어나 어머니를 한참 동안 바라보다가 식탁에 가서 앉았다.

"부고 카드를 써야겠다."

5일 후, 어머니의 장례가 치러졌다. 회르트는 매일 날씨 앱을 확인했다. 장례식 당일 오후에 비가 올 것이라는 예보가 있었지만, 다행히 오지 않았고 때때로 구름 사이로 햇살이 비치기도 했다.

많은 사람이 참석했고, 아름다운 추모 연설이 이어졌다. 마지막으로 회르트가 연단에 섰다.

"저는 모두에게…"

첫마디가 강당에 울려 퍼지자 깜짝 놀란 회르트가 마이크에서 조금 떨어졌다.

"모두에게 와주셔서 감사하다고 말하고 싶습니다. 제 어머니는 누구나 이상적인 어머니로 바랄 만한 분이셨습니다. 항상 사랑이 넘치고, 긍정적이며, 즐거운 분이셨어요. 마지막 순간까지도요. '우리는 잘 지내고 있어.' 어머니는 항상 그렇게 말씀하셨습니다. 이제는 '우리는 잘 지냈어'라고 말해야겠지요. 잘 가요, 사랑하는 엄마. 그런데 저는 이제 어떻게 살아야 할지 모르겠어요."

잠시 침묵이 흘렀다.

그 후 회르트가 어머니를 위해 고른 노래가 울려 퍼졌다. 샤를 아즈나부르의 〈라 맘마〉였다.

회르트는 프랑스어를 몰랐기에 겨우 몇 단어만 알아들을 수 있었다. 라 맘마(la mamma, 엄마), 트리스테(triste, 슬픔), 아무르(amour, 사랑), 무리르(mourir, 죽음). 하지만 그는 이 노래가 어머니에 관한 내용일 거라 확신했다.

회르트는 마이크 뒤에서 움직이지 않고 서 있었다. 울어야 할 상황이었지만 눈물이 나오지 않았다. 잠시 후, 장례 행렬이 관 뒤를 따라 자갈길을 걸으며 묘지로 향했다. 장례 행렬은 '생명 없이 태어난 아이들'이라고 적힌 표지판이 세워진 작은 묘지를 지나갔다.

'생명이 없다라…' 회르트는 이것이 죽음보다는 나은 표현 같다고 생각했다. 어머니는 그저 생명이 없어졌을 뿐이다.

★

장례식이 끝난 지 사흘 후, 방문 간호 서비스 회사에서 환자용 침대와 휠체어를 회수해 갔다.

회르트는 어머니가 마지막 며칠 동안 사용했던 침대 시트, 잠옷, 속옷을 세탁했다. 그리고 건조기에서 꺼낸 세탁물을 마지막으로 정성스럽게 개어 정리했다. 그런 다음 인터넷에서 주문한 이사 상자 열 개에 어머니의 옷, 코트, 가방, 스카프, 신발을 담았다. 가득 찬 상자들은 중고품 기부 가게로 가져갔다. 고민 끝에 어머니의 보석은 침대 옆 서랍장에 넣어두었다.

화장품과 세면도구는 비닐봉지에 담아 쓰레기통에 버렸고, 남은 약은 약국에 반환했다. 그리고 어머니의 침실을 아주 깨끗하게 청소했다. 먼지떨이, 진공청소기, 걸레를 사용해 어머니가 평소 하던 방식 그대로 깔끔하게 방을 정리했다.

청소를 마친 후, 회르트는 문가에 서서 침실을 한 번 더 꼼꼼히 둘러보았다. 그런 다음 문을 닫고, 열쇠로 잠갔다.

"좋은 아침이에요, 회르트."

'더 좋은 수면 매트리스'의 실비아가 책상에서 일어나 그에게 다가왔다. 그녀는 포옹을 할까 악수를 할까 잠시 망설였지만, 결국 한 손으로 악수하고 다른 손으로 등을 가볍게 두드리는 것으로 인사를 마쳤다.

"어머니 일은 정말 유감이에요. 너무 안됐어요."

"고마워요, 실비아. 그리고… 앞으로 저를 헤르트라고 불러줄래요?"

실비아는 놀라며 물었다.

"헤르트요? 왜 갑자기, 회르트…. 아, 헤르트라고 했죠?"

"그편이 더 좋아서요."

"알겠어요. 당사자가 원한다면 그렇게 불러야죠. 당신의 이름인데요."

사실 회르트는 냄새라는 의미가 있는 자신의 이름이 싫었다. 그는 참을 수 없을 때마다 조용히 부모님을 원망하곤 했다. '누가 자기 아들 이름을 회르트라고 짓지?'라고. 그는 아이에게 이런 이름을 지어주는 것은 무거운 쇳덩이를 발목에 달아주고 인생으로 내보내는 것과 같다고 생각했다.

회르트는 어렸을 때 이름 때문에 자주 놀림을 받았다. 반 친구들은 그를 "회르트 뫼르트(회르트는 썩는다)"나 "좋은 냄새가 나는 회르트"라고 불렀다.* 심지어 성인이 된 지금도 시시한 농담을 참지 못하는 사람들이 있었다.

'더 좋은 수면 매트리스'의 운전기사는 최소 일주일에 한 번은 "아, 회르트 왔네. 냄새로 알겠어"라고 말했다. 운전기사는 경미한 지적 장애가 있는 사람이라 이해는 했지만, 그래도 기분이 상하는 것은 어쩔 수 없었다.

회르트는 항상 자신의 이름을 헤르트로 바꾸고 싶었다. 하지만 이름에서 'u'를 빼는 일은 민감한 문제였다. 회르트의 이름은 어린 나이에 사망한 어머니의 남동생, 즉 회르트의 삼촌 이름을 따서 지은 것이었다. 이 이름을 버린다면 어머니가 슬퍼할 것이 분명했기에 지금까지 참아왔다. 하지만 이제 어머니가 돌아가셨으니 앞으로는 헤르트라고 불리기로 한 것이다.

헤르트는 이름뿐 아니라 아예 다른 사람이 되면 좋겠다고 생각한 적도 있었다. 하지만 아무리 오랜 시간 고민해 봐도 어떤 사람이 되고 싶은지 알 수 없었다. 적어도 유명인이나 아는 사람 중에서는 롤 모델을 찾을 수 없었다.

그날 그는 직장에서 몇 번이나 이제 자신의 이름이 회르트가 아니라 헤르트라고 설명했다. 그럼에도 이해력이 부족한 운전기사 바르트는 여전히 회르트라고 불렀다.

---

* 네덜란드어로 Geurt는 '냄새를 맡다'라는 뜻을 가진 Geuren의 3인칭 단수형이다.

헤르트는 애초에 바르트와 친하지 않았다. 바르트는 매트리스를 배달할 때 빼고는 항상 시끄럽게 굴었다. 그는 헤르트가 민감하게 반응하는 휘파람, 헛기침, 입맛 다시는 소리, 탁탁거리는 소리를 쉬지 않고 내곤 했다.

몇 년 전, 헤르트는 매트리스 배송지를 받아 적으려고 비서의 책상 앞에서 기다리는 바르트에게 볼펜을 그만 딸깍거리라고 세 번이나 말한 적이 있었다.

세 번이나 말한 이유는 바르트가 말한 직후에만 잠시 멈췄다가 곧 아무 생각 없이 다시 볼펜을 딸깍거렸기 때문이다. 회르트는 세 번 이상 말하지 않았다. 대신 꽤 무거운 펀칭기를 바르트의 머리를 향해 던졌다. 물론 빗나갔지만 말이다.

"너 미쳤어? 이 멍청한 자식아!"

바르트가 회르트를 밀치며 소리쳤다. 그 바람에 바퀴 달린 의자에 앉아 있던 회르트는 문서 보관함에 부딪혔다. 결국 해고당하고 싶지 않으면 그만 화해하라는 사장의 경고를 받고서야 두 사람은 억지로 싸움을 마무리 지었다. 그 이후로 회르트는 바르트가 주변에 오래 머무를 경우를 대비해 책상 서랍에 헤드폰을 넣어두었다.

집에 있는 째깍거리는 시계와 잡음을 내는 기계들도 없애버렸다. 어머니가 있을 적에는 회르트를 자극하는 소음이 날

때마다 미리 경고를 해주어서 잠시 다른 방으로 피할 수 있었다. 하지만 이제 어머니가 없고, 집은 조용했다.

페탕크 클럽의 사람들도 회르트의 새 이름을 낯설어 했다. 페탕크 클럽 모임은 회르트가 하는 유일한 사회 활동이었다. 회르트는 사람들과 어울리는 것을 그다지 좋아하지 않았다. 사람들, 특히 단체로 모인 사람들의 행동은 도저히 예측할 수 없기 때문이다. 집에서는 놀랄 일이 거의 없다. 간혹 물건이 망가지거나 세일즈맨이 초인종을 누르는 일이 일어나기도 했지만, 회르트의 하루는 대체로 한결같았다.

그의 하루는 늘 명료하게 정돈되어 예측 가능한 방식으로 흘러갔다. 그렇기에 페탕크 클럽에서 보내는 토요일은 매주가 도전이었다. 하지만 회르트는 한나절 동안 사람들과 함께할 수 있다는 사실에 약간의 자부심을 느꼈다.

몇 년 전, 그의 전 상사였던 삼촌 프리츠가 회르트에게 물었다.

"스탠리와 팀을 이루어서 일주일에 한 번 페탕크를 하면 어떻겠니?"

회르트는 정중히 거절했지만, 삼촌은 계속 설득했다.

"회르트, 우리끼리 하는 얘기인데, 네가 토요일 오후에 스탠*을 좀… 뭐랄까… 돌봐주면 정말 큰 도움이 될 거야."

"돌봐준다고요?"

"알다시피… 스탠은 조금… 음… 산만하잖니. 반면에 너는 아주 침착하고 정확하잖아."

회르트는 말의 의미를 이해하지 못한 채 삼촌을 바라보았다.

"그냥 나를 위해서라도 해줘."

삼촌은 말했다.

"대신 보상으로 일주일에 반나절 휴가를 줄게."

사실 회르트는 업무 일정이 딱 정해져 있어서 반나절 휴가가 필요하지 않았다. 휴가를 쓰면 일정이 엉켜서 오히려 불편해질 터였다. 하지만 결국 삼촌의 제안을 승낙하고 말았다. 그후로 회르트는 매주 토요일 오후마다 페탕크 클럽에 갔다. 클럽에서 그는 다른 회원들과 두 번의 경기를 했는데 실력은 나쁘지 않았다. 회르트는 매우 정확하고 집중력 있게 페탕크 공을 던졌다. 반면에 사촌 스탠리는 늘 실수를 저질러서 그들의 팀이 클럽 챔피언을 차지하는 데 방해가 되었다.

페탕크 클럽에서 보낸 첫 몇 주는 어색했다. 회르트는 경기 중 대부분의 시간을 이런저런 요청을 하면서 보냈다. "플레이

---

* 스탠리의 애칭

중에 공을 서로 부딪치지 말아주세요." 그 이후로도 소음 때문에 한 경기 중에 두 번이나 자리를 떠야 했다. 클럽 회원들은 그제야 회르트와 어울리려면 공 부딪치는 소리를 내지 말아야 한다는 것을 깨닫고 주의를 기울였다.

놀랍게도 그때부터 페탕크가 즐거워지기 시작했다. 그리고 더 놀라운 건, 사촌인 스탠리와 우정이 생겼다는 점이었다. 둘 다 말하는 것을 별로 좋아하지 않았기에 암묵적으로 맺어진 우정이었다. 하지만 그것이 두 사람이 지닌 공통점의 전부였다. 회르트는 조용하고 침착하며, 계산적인 반면, 스탠리는 충동적이고 무모했다. 매주 토요일, 오후 1시 15분이면 스탠리는 밴을 몰고 회르트가 사는 베베르베이크 아파트의 입구 바로 앞에서 큰 소리로 경적을 울려댔다. 회르트가 차에 오르면, 스탠리는 그의 어깨를 힘차게 두드리고 거칠게 클럽까지 10킬로미터를 운전해 갔다.

"잘 지내?"

"잘 지내. 너는?"

"나도 잘 지내."

"좋네."

어머니의 장례식이 끝난 그다음 토요일에도 헤르트는 평소처럼 스탠리와 함께 클럽의 실내 경기장으로 향했다. 클럽에서 헤르트의 어머니가 세상을 떠났다는 사실을 알고 있는 것은 스탠리뿐이었다. 그래서 헤르트는 차 안에서 스탠리에게 이 일을 다른 사람들에게 알리지 말아달라고 부탁하고는 평소처럼 아주 정확히 공을 던졌다.

"멋진 샷이야, 회르트."

상대편이 칭찬했다.

"미안하지만, 앞으로는 저를 헤르트라고 불러주시겠어요?"

"오, 갑자기 이름은 왜 바꿨어?"

"갑자기가 아니에요. 전 어렸을 때부터 그 이름이 싫었거든요. 그러니까 앞으로는 저를 헤르트라고 불러주시면 감사하겠습니다."

다들 회르트를 헤르트로 부르기로 약속했다. 그러나 이후에도 다섯 번이나 실수로 회르트라고 불렀고, 그는 그때마다 정정했다.

그날 오후는 평소보다 오래 클럽에 머물렀다. 지난 몇 년 동안의 일과는 이랬다. 매번, 두 번째 경기 후에 다이어트 콜라를 한 잔 더 마셨고, 스탠리가 늦어도 오후 5시 30분까지 그를 집에 데려다줬다. 집에 도착하면 수프를 데우고, 식탁을 차리고, 어머니와 함께 간단한 식사를 했다.

하지만 이제는 집에서 헤르트를 기다리는 사람이 없었다.

태어나서 처음 겪는 일이었다. 헤르트는 갑자기 생긴 시간을 어떻게 써야 할지 몰랐다. 그래서 그는 스탠리에게 조금 더 머물자고 제안했다. 헤르트가 두 번째 다이어트 콜라를 마시자 스탠리는 바카디를 섞은 콜라를 마셔보라고 권했다. 그는 잠시 망설였지만, 이내 빠른 속도로 한 잔을 비웠다. 그렇게 석 잔을 더 마신 뒤, 결국 몸을 가누지 못해 높은 의자에서 떨어지고 말았다.

헤르트는 이후로도 몇 주를 그냥 흘려보내고 나서야 어머니와의 약속을 지키기로 마음먹었다. 자신에게 맞는 오로라 여행이 있는지 찾아보기로 한 것이다.

그는 지난 몇 년간 오로라에 매료되어 있었다. 아마 인터넷에서 찾을 수 있는 모든 정보를 읽었을 것이다. 그 시작은 〈챔피언〉*이라는 잡지에서였다. 한 사진에 헤르트의 시선이 멈췄다. 노르웨이의 작은 도시 트롬쇠의 사진이었다. 피오르에 자리 잡은 작은 도시의 불빛이 선명하게 보였고, 그 위로 초록색, 파란색, 노란색으로 빛나는 인상적인 밤하늘이 펼쳐져 있었다. 사진 아래에는 이렇게 적혀 있었다.

———

* 여행용품을 판매하는 회사에서 발행하는 홍보용 잡지

오로라, 개썰매 그리고 순록. 이것이 바로 19세기부터 북유럽의 파리로 알려진 트롬쇠입니다.

헤르트는 개썰매와 순록에는 관심이 없었다. 파리에 대해서도 기억나는 건 수학여행 중 지하철에서 구토했던 것밖에 없었다. 그렇지만 오로라만큼은 머릿속에서 떠나지 않았다.

지난 2년 동안 뉴스에 오로라에 관한 보도가 나온 것은 총 두 번이었다. 네덜란드에서는 드물게 볼 수 있는 특별한 자연현상이라고 말이다. 그는 즉시 뉴스에서 나왔던 장소로 향했지만, 역시나 오로라는 볼 수 없었다.

인터넷에 접속해서 검색하자 오로라 여행 상품을 제공하는 업체를 열 곳 이상 찾을 수 있었다. 그는 모든 여행 일정표를 꼼꼼히 검토했다. 대부분의 상품은 비행기를 타고 노르웨이나 핀란드로 이동한 후, 배나 버스로 이동해야 했기에 제외했다. 헤르트는 비행기 공포증이 있었다.

그가 비행기를 처음 타본 것은 아홉 살 생일 때였다. 평생 딱 한 번뿐이었지만 결코 좋은 경험이 아니었다. 당시 아홉 살 생일을 맞아 아버지에게 암스테르담 상공을 짧게 비행하는 티켓을 선물로 받았다.

"꼭 가야 하는 건 아니잖아요."

어린 회르트가 겁먹은 목소리로 말했다.

"아주 흥미진진한 경험이 될 거야, 회르트."

어머니는 그를 설득하려 애썼다.

'바로 그게 문제라고요.' 그는 속으로 생각했지만, 어머니를 실망시키고 싶지 않아서 말하지 않았다. 운명의 날이 다가왔을 때, 회르트는 부모님께 심한 복통이 느껴진다고 말했다. 하지만 아버지는 그에게 성인용 아스피린 두 알을 억지로 먹이고, 차 뒷자리에 태웠다.

"비행기 타기 싫어요."

회르트가 흐느꼈다.

"일단 타면 정말 신날 거야."

어머니가 약속했다. 아버지는 강한 욕설을 퍼부으면서 티켓을 이미 결제했으니 어쩔 수 없다고 잘라 말했다. 그 말인즉 더 이상의 논쟁은 없다는 뜻이었다.

억지로 비행기에 탄 회르트는 20분 동안의 짧은 비행 내내 눈을 꽉 감은 채 꼼짝 않고 앉아 있었다. 그러다 결국 착륙할 때 바지에 실수를 하고 말았다. 그 이후로 누구도 비행에 대해 언급조차 하지 않았다.

그러니 버스 여행 상품 두 개 중에서 선택할 수밖에 없었다.

AOD 버스 투어와 올드 미스터리 투어였다. 사실 헤르트는 버스 역시 좋아하지 않았다. 특히 커브가 많은 노선을 싫어했지만, 그 정도는 멀미약을 먹으면 어떻게든 견딜 수 있을 것 같았다.

가장 짧은 여행은 오로라와 로포텐 제도를 둘러보는 올드 미스터리 투어의 12일짜리 버스 투어였다. 헤르트는 12일도 무섭게 길다고 생각했지만, AOD 버스 투어의 일정은 그보다 3일이 더 길었다.

그는 인터넷에서 오로라를 볼 확률에 대해 찾아보았다. 〈내셔널 지오그래픽〉에 따르면, 10월에서 2월 사이 트롬쇠에서 오로라를 볼 확률은 90퍼센트라고 했다. 신뢰할 만한 자료였고, 그 정도 확률이라면 받아들일 수 있었다. 다만 얼마나 많은 오로라를 볼 수 있는지는 어디에도 나와 있지 않았다. 인터넷에 올라온 사진에서는 하늘 전체가 색의 바다였지만, 당연히 가장 멋진 모습을 담았을 터였다.

90퍼센트의 확률은 정말 높은 수치였지만, 그 확률에 걸고 12일을 버스에서 보내야 한다는 게 꽤 부담스럽기는 했다. 일정이 길어도 너무 길었다. 하지만 헤르트는 어머니와의 약속을 지켜야 했다. 엄밀히 따지자면… 약속은 단지 여행에 대해 알아보겠다는 것뿐이었지만 말이다.

오로라를 볼 확률은 90퍼센트. 이보다 더 높은 확률은 없을 것이다. 그러니 오로라를 보고 싶다면 여행을 가는 게 맞았다. 이렇게 확률이 높은데 가지 않는다면 처음부터 조사할 필요도 없었을 테니까.

"조사를 했고, 긍정적인 결과가 나왔는데 여행을 가지 않는다면, 그건 사실상 약속을 어기는 거나 다름없어."

헤르트가 중얼거렸다.

"하지만 버스라니…."

헤르트는 고개를 저었다.

결국 하루만 더 고민해 보기로 했다.

★

그날 밤 헤르트는 제대로 자지 못했다. 밤새 머릿속에서 버스가 몇 시간이나 내달렸기 때문이다. 잠깐 졸았던 것이 전부였다. 다음 날 아침, 헤르트는 너무 지쳐 늦잠을 자는 바람에 아침을 거르고 출근했다. 회계 업무를 하다가 실수도 저질렀다. 그가 기억하는 한, 입사 이래 처음 있는 일이었다. 그는 내내 자책했다.

"무슨 일 있어요, 회르트?"

실비아가 자신의 책상 뒤에서 걱정스러운 목소리로 물었다.

"헤르트라고 했잖아요."

"무슨 일이 있어요, 헤르트? 음… 잘은 모르겠지만… 지쳐 보여요."

"아니요, 아무 일도 없어요."

"어머니가 돌아가셨으니 당연히 괜찮지 않겠죠. 당신 같은 경우에는 더욱 그럴 거고요."

"나 같은 경우라고요?"

헤르트는 의아한 듯 되물었다.

"네, 어머니와 유난히 가깝게 지내셨으니까요."

"아…."

"조금 쉬는 게 나을지도 몰라요."

헤르트는 멍하니 고개를 끄덕였다.

"입사 25년 기념 보너스로 뭘 할지 생각해 봤어요? 여행을 가는 건 어떨까요? 햇볕이 따뜻한 곳이나, 뭐 그런 곳으로요."

"나는 햇볕을 전혀 좋아하지 않아요."

헤르트의 목소리가 갑자기 날카로워졌다. 실비아는 놀라서 얼굴이 붉어졌다.

"아, 미안해요. 그냥 아이디어를 내본 거예요."

"제안 따위는 필요 없습니다."

헤르트는 손을 들어 입을 가리고, 자리에서 일어나 화장실로 향했다. 서둘러 마음을 가라앉히고 싶었다. 그는 15분 정도 화장실에 앉아 머리를 손으로 감싸안고 있다가 다시 자리로 돌아와 노란색 포스트잇에 무언가를 적은 후 실비아의 책상 위 키보드에 붙였다.

미안해요, 실비아.

포스트잇에는 이렇게 적혀 있었다.

마침내 헤르트는 화장실에서 중요한 결정을 내렸다. 달력을 봤다. 6월 23일 금요일이었다.

★

그날 저녁, 전자레인지로 데운 레토르트식품으로 식사를 마친 헤르트는 컴퓨터 앞에 앉아 올드 미스터리 투어의 웹사이트를 열었다. 그는 12일 동안 버스를 타고 오로라를 본 뒤 로포텐 제도를 방문하는 여행 일정을 꼼꼼히 읽었다. 그런 다음 신청서를 작성하고 1,162유로의 보증금을 지불했다. 그리고 노트북을 닫고, 달력에서 10월 14일 토요일에 빨간 동그라미를 그렸다. 113일 후였다.

깊은 한숨을 내쉬고, 그리는 중이었던 바다 그림 앞으로 돌아왔다. 하지만 두 번째 시도에도 파도를 제대로 그리는 데 실패했다. 집중이 되지 않았다. 돛단배를 그리려고 시도하다가 도저히 모양이 잡히지 않자, 그는 이만 붓을 씻고 물감을 정리하기로 했다. 그 후 다시 노트북으로 돌아와 새 문서를 열고 버스 여행을 위한 준비물 목록을 작성하기 시작했다.

오로라 버스 여행 준비물 목록

여권 1개
은행 카드 1개
지갑 1개
휴대폰 및 충전기 1개
보온병 1개
컵 1개
물병 1개
주머니칼 1개
귀마개 2개

헤드폰 1개

선글라스 1개

독서용 안경 1개

책 3권

칫솔 + 치약 1개

비누 1개

샴푸 1개

면도기 1개

빗 1개

비타민 알약 1통

두통약 1판

멀미약 1판

수건 2개

손수건 3개

핀란드 지도 1개(사야 함)

노르웨이 지도 1개(사야 함)

스웨덴 지도 1개(사야 함)

속옷 10벌

양말 10켤레

스웨터 3벌

바지 3벌

벨트 1개

셔츠 6벌

잠옷 1벌

장갑 1켤레

모자 1개

겨울 코트 1벌

스카프 1개

신발 2켤레

그는 세심하게 목록을 검토한 다음 그것을 인쇄해 투명한 플라스틱 커버로 감싸 테이블 위에 올려놓았다. 그리고 곧장 페탕크 파트너이자 사촌인 스탠리에게 전화를 걸었다.

대화는 단도직입적으로 시작했다.

"안녕, 스탠리. 10월 14일 토요일 아침 6시에 나를 슬로터다이크 역까지 데려다줄 수 있을까? 정확한 시간은 나중에 알려줄게."

"뭐라고?"

스탠리는 당혹감을 감추지 못하며 되물었다.

"그게 무슨 말이야?"

"그 시간에는 아직 대중교통이 운행하지 않아서 말이야."

"도대체 어디에 가는 건데?"

"슬로터다이크 역으로."

"아니, 그다음에 말이야."

"노르웨이에 가려고 해."

"노르웨이라고? 하지만 그날 오후에 우리 페탕크 경기가 있잖아. 어떡하려고?"

"아니, 나는 못 갈 거야."

"그러면 나는 어떡하라고?"

"너는 가면 되지."

잠시 당황과 놀람이 교차하는 대화가 이어졌지만 결국 스탠리는 10월 14일 이른 아침 베베르베이크에서 슬로터다이크 역까지 헤르트를 데려다주기로 했다. 통화를 마친 헤르트는 만족스러운 미소를 지으며 고개를 끄덕였다. 해결!

그 후 그는 이웃집 아주머니를 찾아가 자신이 10월 13일 금요일에 여행을 떠나는데 그동안 화분 네 개를 돌봐줄 수 있는지를 물었다.

"그래, 회르트. 여행은 10월에 가는데 벌써 마음이 급하네."

이웃집 아주머니가 말했다.

"괜찮으시다면 이제 저를 헤르트라고 불러주시면 좋겠

어요. 그럼 그렇게 정해봐요."

"정하다니? 너를 헤르트라고 부르는 거 말이야?"

"아뇨, 화분 말이에요."

이웃집 아주머니는 원래 위치에 화분을 두는 것이 더 편하지 않겠냐고 제안했다. 어차피 자신이 아파트 열쇠를 가지고 있어 자주 들를 수 있다고 말이다. 그렇지만 헤르트는 확고하게 그녀의 집에 화분을 가져다주겠다고 말했다.

"네가 원하는 대로 해. 회르, 아니 헤르트."

이웃집 아주머니는 과거에는 회르트였고 이제는 헤르트가 된 그가 가끔 이해하기 어려운 행동을 한다는 것을 이미 알고 있었다.

★

세 달 후, 헤르트는 버스 좌석이 40개라는 정보를 읽으며 여행 정보 책자를 넘겼다. 함께 여행할 인원이 몇 명이나 될까? 그의 옆에는 제발 아무도 앉지 않았으면 했다.

날짜가 다가올수록, 그는 이 여행을 예약한 것이 과연 현명한 결정이었는지 점점 더 자주 고민하게 되었다. 그러다 문득 필요한 정보가 떠올라서 서류 더미를 뒤져 올드 미스터리 투어의 전화번호를 찾아내 휴대폰에 입력했다.

한 여성이 전화를 받았다.

"안녕하십니까, 올드 미스터리 투어의 레티입니다. 무엇을 도와드릴까요?"

"저는 푸트만스입니다. 부인, 오로라와 로포텐 제도 투어 상품에서 이용하는 버스에 커피 머신이 설치되어 있는지 알려 주실 수 있을까요?"

"네, 당연하죠. 올드 미스터리 투어의 모든 버스에는 커피와 차가 준비돼 있습니다."

"그럼 이번 여행에 참여하는 인원은 몇 명인가요?"

하지만 레티도 이 질문에는 당장 대답할 수 없었다. 헤르트는 거듭 물었다.

"혹시 확인해 주실 수 있나요?"

안타깝게도, 레티는 출발 며칠 전에야 정확한 인원을 알 수 있다고 했다. 헤르트는 잠시 말을 멈추고 침을 삼켰다.

"고객님, 더 문의 사항은 없으신가요?"

레티가 조심스레 물었다.

"아, 네… 감사합니다."

헤르트는 서둘러 전화를 끊었다.

그는 작업실로 돌아갔다. 책들은 이미 중고품 가게에 기부

한 터라 모든 책장이 비어 있었다. 선반 위에는 여행을 위해 필요한 모든 물품이 깔끔하게 정리되어 있었다. 그는 준비물 목록에서 '보온병 1개'를 지우고 꺼내놓은 보온병을 다시 부엌 찬장에 넣었다. 그러다 문득 무언가가 떠올랐다.

그는 다시 올드 미스터리 투어에 전화를 걸었고, 이번에도 레티가 전화를 받았다.

"아까 전화를 걸었던 푸트만스입니다. 질문이 하나 더 있어서요."

"말씀하세요, 푸트만스 씨."

"여행 안내서 어디에도 오로라 관측을 보장해 준다는 내용은 없네요."

레티는 유감이라며, 올드 미스터리 투어에는 그런 보장은 없다고 말했다.

"AOD 버스 투어에서는 그 보장을 해주던데요."

헤르트가 맞섰다.

"유감스럽게도 저희는 그렇지 않습니다. 하지만 올드 미스터리 투어에서 다음 여행을 예약하실 경우, 항상 할인 혜택이 제공됩니다. 오로라를 보셨더라도요."

"필요 없습니다. 저에게 버스 여행은 이번이 처음이자 마지막이니까요."

잠시 침묵이 흘렀다.

"다른 문의 사항은 없으신가요?"

"아니요, 없습니다."

"그럼, 좋은 하루 되십시오."

통화가 끊겼다. 헤르트는 한동안 휴대폰을 손에 든 채 생각에 잠겨 있었다.

"이제 너무 늦었어." 그가 중얼거렸다.

★

어머니가 세상을 떠난 후, 헤르트는 자신이 예전 같지 않다는 걸 느꼈다. 늘 당연하게 여겼던 것들이 더는 당연하지 않았다. 집은 텅 비어 있었다. 이제는 아침마다 차를 끓이고 비스킷에 버터를 바를 필요가 없었고, 어머니의 지시에 따라 요리를 도울 일도 없었다. 일요일 오후가 되면 함께 외출하던 시간도 사라졌고, 장보기 목록조차 스스로 만들어야 했다.

이제 그는 일요일뿐 아니라 월요일에도 중국 음식을 먹었다. 음식점에서 반 그릇은 팔지 않았기 때문이다. 심지어 능숙하게 잘 그리던 바다나 자연 그림도 더 이상 예전처럼 그려지지 않았다.

직장에서는 이미 세 번이나 실수를 저질렀다. 첫 번째 실수는 스스로 알아차렸지만, 두 번째와 세 번째는 사장이 그를 불러 잘못된 금액으로 계산서를 발송했다고 지적하고서야 알았다. 그 일로 헤르트는 밤잠을 설쳤다.

어느 날 밤, 어머니가 세상을 떠난 이후 처음으로 어머니의 방에 들어갔다. 그는 방 안에서 몇 분 동안 꼼짝도 하지 않고 서 있었다. 마치 무언가를 기다리는 사람처럼. 하지만 그 '무언가'는 오지 않았다. 결국 그는 다시 문을 잠그고 침대로 돌아갔다.

그로부터 일주일 뒤에는 사무실에서 바르트에게 괴롭힘을 당했다. 바르트는 계속 이상한 소리를 내며 헤르트를 자극했다. 헤르트는 그를 때릴 뻔했지만, 비서가 둘 사이에 끼어들었다.

"우리 귀여운 회린이*, 약 먹었냐?"

바르트가 비아냥거렸다. 분노에 찬 헤르트는 화장실에 들어가 1시간 동안 나오지 않았다.

사장이 문을 두드렸다.

---

* Geurt를 Geurtje라고 칭한 것은 얕잡아보고 놀리는 표현으로, 보통 작은 물건이나 어린이, 또는 작은 사람에게 tje, sje 등의 어미를 붙인다. 회르트의 이름은 '냄새'라는 뜻이 있어 tje를 붙이면 약 올리려고 부르는 호칭이 된다.

"헤르트, 거기 있나? 할 얘기가 있어."

사장실로 불려 간 그는 무슨 일이냐는 질문을 받았지만, 어깨만 으쓱할 뿐 아무 말도 하지 않았다. 결국 사장은 헤르트에게 그날 하루 조퇴하라며 집으로 돌려보냈다.

헤르트는 베베르베이크 거리를 떠돌다가 퇴근 시간인 오후 5시 30분이 돼서야 집으로 발길을 돌렸다. 다음 날, 사장이 다시 그를 불렀다.

"한동안 생각해 왔던 일인데, 헤르트. 최근의, 음… 트러블과 몇 가지 실수를 고려했을 때, 시기를 좀… 앞당기는 게 좋을 것 같아."

"앞당긴다니요? 뭘 앞당긴다는 거죠?"

사장은 헛기침을 하더니 헤르트를 지나 창밖을 바라보았다.

"있잖아, 헤르트. 자네 경력이 훌륭한 건 사실이야. 하지만 나는 점점 더… 뭐랄까, 비용 문제를 신경 써야 하는 입장이거든."

"비용 문제라뇨?"

"우리야 뭐, 그렇게 큰 회사는 아니잖아. 그런데 자체 회계사를 두는 비용이 상대적으로 꽤 많이 들어."

"그래서요?"

"그래서 회계 업무를 외주로 돌릴 수는 없는지 알아봤어. 알고 보니, 그게 회사 입장에선 훨씬 비용이 적게 드는 방법이더라고."

잠시 정적이 흘렀다. 헤르트는 앞뒤로 몸을 천천히 흔들다가 마침내 그 말이 무슨 뜻인지 이해했다.

"그러니까 25년 6개월을 일한 저를 해고하시겠다는 건가요?"

"원래는 다음 회계연도 말쯤에 그러려고 했는데. 지금 자네가 힘든 시기를 보내고 있으니, 오히려 자네를 위해서라도 조금 앞당기는 게 좋겠다고 생각했어."

"저를 위해서라고요?"

"어머니가 돌아가셨으니 좀 쉬는 게 좋잖아. 그리고… 사무실 분위기도 좀 냉랭하더라고."

"날 괴롭히려고 반복적인 소리를 내지만 않으면 그럴 일도 없겠죠."

"그건 나도 알아. 바르트랑은 나중에 따로 확실하게 얘기할 거야. 그런 건 도저히 용납할 수 없어. 그리고 헤르트, 중요한 건 말이지, 아주 괜찮은 퇴직 보상안을 제안할 거야."

"저는 제 직장을 지키고 싶습니다."

"추천서도 아주 잘 써줄 거야, 물론."

"추천서는 어디다 쓰라고요?"

★

헤르트는 거울 속 자신의 얼굴을 유심히 들여다보았다. 얼굴의 와인색 반점이 조금 더 커진 것 같았다. 어쩌면 사진을 찍어서 비교해 봐야 할지도 모른다고 생각했다. 귀도 살펴보았다. 저것도 더 커진 건가? 나이 들면 그럴 수도 있다고 하니까.

"뭐, 이제 그런 건 중요하지 않지."

그는 거울 속 자신에게 말했다.

실직한 지 6주째, 이제 헤르트는 거의 혼잣말만 하고 있었다. 다른 사람에게 하는 말이라고는 이웃에게 "좋은 오후예요"라거나 슈퍼마켓 알버트 하인 계산원에게 "좋은 저녁 보내세요"라고 인사말을 건네는 정도였다. 그는 오직 토요일에 페탕크 클럽에서만 다른 사람들과 대화라고 할 수 있을 만한 문장을 주고받았다.

직장에서의 일은 순식간에 끝났다. 사장과의 면담이 끝난 후, 헤르트는 조용히 자기 자리로 돌아갔다. 그리고 서랍에서 올해의 모든 회계 서류를 꺼내 그대로 문서 파쇄기에 넣었다. 실비아는 입을 벌린 채 그 광경을 지켜보았다.

문서가 파쇄되는 동안 헤르트는 도시락통을 가방에 넣고 외투를 걸치고는 실비아와 악수를 하고 회사를 떠났다. 이틀 후, 우체부가 등기로 보낸 해고 통지서를 들고 찾아왔다.

그날 이후로도 그는 여느 때처럼 아침에 일어나 빵 두 개와 차 한 잔을 준비해서 먹고 설거지를 했다. 그리고 오후 12시까지 그림을 그렸고, 중간에 오전 10시 30분쯤에 20분 동안 커피를 마시며 쉬었다.

점심을 먹은 후에는 집을 청소하고 정리했다. 필요 없다고 생각되는 물건들은 모두 상자에 담아 중고 가게로 보냈다. 지금까지 그곳에 보낸 상자만 열아홉 박스였다.

오후 3시가 되면 1시간가량 산책을 했다. 오후에는 차를 마시면서 잡지의 TV 가이드를 살펴보고, 보고 싶은 프로그램에 밑줄을 그었다. 저녁을 먹은 후에는 텔레비전 앞에 있다가 늦어도 밤 11시에는 잠자리에 들었다. 볼 만한 프로그램이 없을 때면 그림을 그리거나 음악을 들었다. 헤르트는 잠들기 전에 달력에 지나간 날짜를 엑스 표시를 하고, 10월 14일까지 남은 날을 세보았다.

10월 7일, 헤르트는 창고에서 아버지의 여행 가방을 꺼내 짐을 싸면서 빠진 물건이 없는지 확인했다. 목록에 있는 물건이 다 들어가지 않아, 한동안 고민하며 짐 목록을 들여다보다가 여행사에 전화를 걸어 호텔과 배의 객실에 수건이 비치되어 있는지 물었다. 다시 레티가 전화를 받아서 수건은 '당연히 포함된 서비스 패키지의 일부'라고 확인해 주었다.

헤르트는 목록에서 '수건 2개'를 지운 후, 수건을 가방에서 꺼내 옷장에 넣었다. 그러자 가방이 딱 맞게 닫혔다.

아침 5시 15분, 알람이 울리기도 전에 헤르트는 이미 깨어 있었다. 긴장 탓에 거의 한숨도 자지 못한 터였다. 그는 의자 위에 단정히 개어뒀던 옷을 입고 빵 두 개를 곁들여 차 한 잔을 마셨다. 양치를 한 후, 칫솔과 치약을 세면도구 가방에 넣었다. 그 가방에는 비누, 샴푸, 면도기, 빗 그리고 비타민 알약 한 통이 들어 있었다. 헤르트는 그 가방을 배 안에서 들고 다닐 기내 수화물용 배낭에 넣었다.

그 배낭 안에는 속옷 한 벌, 양말 한 켤레, 잠옷 한 벌, 셔츠 한 장, 트윅스 두 개 그리고 다이어트 콜라 두 캔이 들어 있었다.

그는 배낭을 여행 가방 옆, 현관문 근처에 내려놓고 시계를 확인했다. 5시 45분. 곧 6시 15분에 스탠리가 데리러 올 예정이었다.

마지막으로 집 안을 한 바퀴 돌며 모든 방을 다시 한번 살펴보았다. 그 후, 텔레비전 앞 의자에 앉아 휴대폰으로 날씨 앱을 확인했다. 네덜란드는 하루 종일 비가 오지 않을 예정이었다.

헤르트는 몇 분마다 시계를 들여다보았다. 6시 5분, 그는 스카프를 두르고 외투를 입은 후 다시 의자에 앉았다.

6시 10분, 문을 닫고 계단 네 개를 내려가 우편함이 있는 현관 입구에서 기다렸다. 그는 이름표들을 바라보았다. 67번 우편함에는 이렇게 적혀 있었다. '푸트만스 스미트 부인/ G. M. 푸트만스.' 그는 어머니의 이름을 손가락으로 살며시 쓸어내리며 한동안 멍하니 바라보았다.

그러다 갑자기 문 옆 창문을 세게 두드리는 소리에 생각에서 깨어났다. 스탠리가 유리창에 코를 바짝 대고 서 있었다.

"일어나라고!"

잠시 후, 그들은 스탠리의 낡은 포드 트랜짓 밴에 올라탔고 차가 서서히 출발했다. 헤르트는 시계를 확인했다. 6시 17분. 일정대로였다.

25분 후, 그들은 슬로터다이크 역의 T2 주차장에 도착했다. 헤르트는 주차장에 버스 다섯 대가 서 있는 것을 보고, 미처 예상치 못했던 문제를 깨달았다. 어느 버스를 타야 하는 걸까?

"어디서 내려줄까, 헤르트?"

스탠리가 물었다. 헤르트는 잠시 망설이다가 말했다.

"여기."

두 사람은 차에서 내렸다.

"기다리지 않아도 돼."

"정말? 버스 찾는 거 도와주지 않아도 돼?"

"아냐, 그냥 가."

그들은 악수를 했다.

"잘 다녀와, 헤르트. 산타 할아버지 사진 한 장 보내줘, 거기 살잖아."

헤르트는 시선을 피하며 중얼거렸다.

"노력해 볼게. 그럼 잘 지내. 새로운 페탕크 친구랑도 말이야."

스탠리는 놀란 표정을 지었다.

"나는 네가 돌아올 때까지 페탕크 안 할 거야."

그는 헤르트의 어깨를 한 대 툭 쳤다. 꽤 묵직한 충격이었다. 그러고는 차에 올라타고 손을 흔들며 떠났다. 하지만 헤르트는 이미 스탠리를 보고 있지 않았다. 그는 주변을 둘러보며 잠시 머뭇거리다 무작정 가장 가까운 버스로 다가가 문 유리창을 두드렸다. 운전사는 아무 반응이 없었다. 헤르트는 더 세게 두드렸다. 그러자 운전사가 귀찮은 듯 고개를 들고, 어쩌라는 거냐고 말하는 듯한 표정을 지었다.

"이 버스, 노르웨이 가나요?"

헤르트가 닫힌 문 너머로 외쳤다. 남자는 천천히 고개를 저으며 다시 시선을 돌렸다.

헤르트는 깊이 숨을 들이마시고 20미터 떨어진 두 번째 버스로 갔다. 이미 몇몇 승객이 탑승해 있었고, 문은 열려 있었다.

"이 버스, 노르웨이 가나요?"

"뭐라고요?"

"노르웨이? 오로라?"

"아니요, 뒤셀도르프로 갑니다."

세 번째 버스도 마찬가지였다. 닫힌 문 너머로 헤르트가 노르웨이행 버스냐고 묻자, 운전사는 천장을 가리켰다. 헤르트가 이해하지 못하고 당황한 표정을 짓자 운전사는 다시 한번 위를 가리켰다. 그제야 헤르트는 버스 앞쪽으로 걸어가 운전석 위쪽을 확인했다. '파리'라고 적혀 있었다.

그는 점점 초조해졌다. '빌어먹을. 북극권을 넘어가야 하는데, 아직 이 역도 벗어나질 못하고 있잖아.'

60미터 떨어진 곳에 버스 두 대가 더 있었다. 헤르트는 그쪽으로 걸어갔다. 하지만 두 버스 모두 불이 꺼져 있었고, 운전사도 보이지 않았다. 슬슬 이마에 땀이 맺히기 시작했다. 그는 시계를 확인했다. 7분 후면 출발인데, 도대체 버스는 어디 있지?

그는 다시 처음 봤던 세 대의 버스 방향으로 걸어가기 시작했다. 그때 누군가 그의 어깨를 툭 건드렸다. 헤르트는 깜짝 놀라 뒤돌았다.

"혹시 푸트만스 씨인가요?"

"네."

"뭔가 찾고 계신 것 같아, 혹시나 해서 물어봤습니다. 우리 버스는 저기에 있습니다."

남자는 15미터쯤 떨어진 곳에 서 있는 9인승 메르세데스 밴을 가리켰다.

"저걸 타고 노르웨이까지 가나요?"

"아뇨, 위트레흐트까지 갑니다."

"위트레흐트에서 뭘 하라고요?"

"거기서 환승하셔야 합니다."

"여행 안내서에 그런 말은 없던데요. 디담의 집결지에서 환승한다고 되어 있었어요."

"그게 잘못된 정보인 것 같네요. 제가 위트레흐트까지 모셔다드리면, 거기서 디담으로 가는 버스를 타시면 됩니다."

시작부터 이 모양이라니, 헤르트는 생각했다. 아무런 통보도 없이 모든 걸 바꿔놓다니.

그는 묵묵히 운전사를 따라가 밴에 올랐다. 이미 일곱 명의 승객이 타고 있었다.

"좋은 아침입니다."

헤르트는 밝은 목소리를 내려고 애썼지만, 다른 승객들은 웅얼거리듯 "좋은 아침"이라고 답할 뿐이었다. 운전사는 승객 명단을 확인하더니 말했다.

"다들 오셨네요. 출발하겠습니다."

밴이 서서히 주차장을 빠져나갔다. 헤르트는 차 안을 둘러보았다. 어디에도 커피 머신 같은 건 보이지 않았다. 그가 받은 안내문에는 '출발 시 커피 또는 차 한 잔 무료 제공'이라고 적혀 있었기에 집에 보온병을 두고 왔는데 말이다. 대체 뭐 하나 지켜지는 게 없군?

운전사에게 커피에 대해 따져봐야 별 의미가 없을 것 같았다. 결국 그는 아무 말 없이 창밖을 바라보았다.

"베를린에 가시나요?"

옆자리에 앉은 여자가 어색한 침묵을 깨려는 듯 물었다.

"아니요, 오로라를 보러 갑니다."

"아."

그 후 밴이 위트레흐트 근처의 한 산업단지에 도착해 멈출 때까지 둘 사이에 대화는 없었다. 그곳에는 대형 관광버스가 기다리고 있었다.

"모두 저 버스로 환승해 주세요. 즐거운 여행 되시길 바랍니다."

승객들은 얌전히 작은 밴에서 내려 큰 버스로 갈아탔다. 이미 버스 안에는 열 명 정도의 사람들이 앉아 있었다. 운전기사는 명랑하게 모두를 맞이했다.

"이 버스 노르웨이로 가는 거 맞죠?"

헤르트는 혹시 몰라 다시 한번 확인했다.

"전혀요. 그렇게 오래 집을 비우면 제 아내가 가만있지 않을 겁니다."

운전기사는 농담을 건넸다.

"우리는 디담으로 갑니다."

헤르트는 안도의 숨을 내쉬었다. 환승지인 디담은 여행 안내문에 확실히 명시되어 있었다.

"성함이 어떻게 되시죠?"

"푸트만스입니다."

운전기사는 목록에서 그의 이름에 줄을 그었다. 헤르트는 버스에 올라 몇 걸음 앞으로 걸어가다 망설이더니 이내 다시 운전기사 쪽으로 돌아섰다.

"출발할 때 제공되는 첫 무료 커피나 차는 이 버스에서 주는 건가요?"

"아니요, 그건 디담에서 드실 수 있어요. 조금만 더 참아주세요."

헤르트는 다시 버스 뒤쪽으로 걸어가, 뒷좌석 가운데 자리에 앉았다. 그리고 작은 여행 가방과 배낭을 양옆 좌석에 놓았다. 또 뭔가 맞지 않다고 그는 생각했다. 출발이라 하면 첫 출발이어야지, 세 번째 출발은 아니지 않은가.

그는 걱정스럽게 한숨을 내쉬었다. "짜증 내지 마, 헤르트, 짜증 내지 마. 즐기는 거야!" 그는 자신에게 말했다. 그리고 가방에서 노트북을 꺼내 적기 시작했다.

1차
베베르베이크 – 암스테르담 슬로터다이크 역 23km
2차
암스테르담 슬로터다이크 역 – 위트레흐트 산업단지 48km

그는 휴대폰으로 구글 지도를 켜서 확인한 뒤 계속 적었다.

3차

헤르트는 이 거리들이 대략적인 수치이므로 약간의 오차는 감수해야 한다는 것을 알았다. 어쩔 수 없는 일이었다.

버스가 출발했다. 헤르트는 가장 뒤쪽 자리에 앉았다. 가장 조용할 것 같아서 선택한 자리였다. 예상대로 그는 뒤쪽 두 줄의 자리를 독차지했다. 이 자리의 부수적인 장점은 버스 전체를 내려다볼 수 있다는 점이었다. 그는 승객이 몇 명인지 세어보았다. 자신을 포함해 열여섯 명이었다.

여기저기서 조용히 말을 주고받는 소리가 들렸다. 여정 내내 이렇게 쾌적하게 조용하다면 다른 불만은 없을 것 같았다. 하지만 아직 섣불리 기뻐할 때는 아니었다. 지금 겨우 1시간 10분이 지났고, 남은 시간은… 잠시 계산해 보니… 대략 256시간이 남아 있었다.

그는 창밖의 어두운 초원을 바라보았다. 창문은 아주 깨끗하게 닦여 있었다.

"이래야지. 아니면 그냥 뿌연 유리를 끼워두는 거랑 뭐가 다르겠어."

그는 중얼거렸다. 한평생 헤르트에게 가장 중요한 대화 상대는 바로 자기 자신이었고, 그다음이 어머니였다. 어머니와 매일 이런저런 소소한 이야기들을 나눴고, 즐거운 시간을 보냈지만 이제 어머니는 세상에 없었다. 회사에서 해고된 이후, 헤르트는 거의 자기 자신과만 대화를 나눴다. 그는 말의 가치가 지나치게 과대평가되었다고 생각했다. 대부분의 대화는 단지 침묵을 피하기 위한 것이었으니까. 헤르트는 오히려 대화보다 침묵을 좋아했다. 많은 사람이 침묵을 불편해해 쉴 새 없이 지껄이지만 헤르트는 가급적 쓸모 있는 말만 하려고 애썼다. 그는 잡담을 하지 않았고, 대화 내용도 질문, 전달, 지시 정도로 제한했다. 다만 자기 자신만은 예외여서 사색이나 장황한 이야기도 허용했다.

그는 깜빡 졸았다가, 버스가 멈추는 소리에 깜짝 놀라 깼다. 헤르트는 허둥대며 여행 가방과 배낭을 집어 들고 일어섰지만 이내 다른 승객들이 움직이지 않는다는 사실을 깨달았다. 창밖을 내다보니 호텔 주차장이었다. 그제야 그는 다시 자리에 앉았다. 운전사가 승객 명단을 들고 버스에서 내렸고, 곧이어 일곱 명의 새로운 승객이 탑승했다. 운전사는 여전히 밖에 서서 명단을 확인하며 주위를 둘러보았다. 몇 분 동안 아무 일도 일어나지 않았다. 그러자 운전사는 호텔 쪽으로 걸어갔다가 2분 후 다시 버스로 돌아왔다.

운전사가 마이크를 들었다.

"혹시 동커르슬로트 씨에 대해 아시는 분 있나요? 동커르슬로트 씨 두 분이요."

차 안은 조용했다. 아무도 대답하지 않았다. 운전사는 다시 밖으로 나가 전화를 걸기 시작했다. 헤르트는 점점 초조해졌다. 여행 내내 이렇게 늦거나 사라지는 사람들 때문에 시간이 지연되면 어떡하지? 동커르슬로트, 그 이름을 기억해 둬야겠다. 그리고 지금 이곳은 어디란 말인가? 자신이 적어둔 거리와는 맞지 않았다.

그는 용기를 내어 몇 줄 앞으로 걸어가, 가장 나중에 탄 승객 중 한 사람의 어깨를 톡톡 두드렸다.

"여기가 어딘지 아세요?"

"여긴 제담입니다."

헤르트는 다시 자기 자리로 돌아가 휴대폰으로 제담의 위치를 검색했다. 디담까지는 아직 12킬로미터가 남아 있었다. 운전사가 다시 버스에 올라탔다.

"그분들 찾았습니다. 직접 차를 타고 연회장 유프라우 카켈로 이동했다네요. 우리도 서둘러 그리로 갈 겁니다. 다들 커피 한 잔 마실 때가 됐죠?"

헤르트는 메모장에서 세 번째 이동 경로를 지우고, 수정했다.

3차

위트레흐트 산업단지 - 제담 경유 디담 119km

★

헤르트는 그렇게 커다란 브라빌로르 커피 주전자를 처음 보았다. 그의 추정으로는 50리터는 거뜬히 들어갈 듯했다. 저 많은 물이 다 내려갔다면, 맨 아래에 있는 커피는 이미 오래됐을 터였다. 그리고 더 중요한 건, 그 커피 주전자가 대체 얼마나 오래 그 자리에 있었느냐는 것이다. 파란색 재킷을 입은 올드 미스터리 투어 소속의 한 여성 직원이 연회장 유프라우 카켈에 온 사람들을 반기며, 첫 잔의 커피나 차는 무료라고 알렸다.

"그리고…."

그녀는 잠시 말을 멈추며 긴장감을 높였다.

"모두에게 스트룹와플도 무료 증정합니다!"

그녀는 마치 복권 1등 당첨자라도 발표하듯 스트룹와플을 소개했다. 그러고는 커피 주전자가 놓인 테이블 뒤에 자리를 잡았다. 사람들이 서둘러 일어나 커피를 받기 위해 긴 줄을 섰다.

헤르트는 홀 한쪽 구석의 작은 테이블에 혼자 앉아 주위를 둘러보았다. 유프라우 카켈은 수백 명을 수용할 수 있는 큰 연회장으로, 갈색과 주황색이 유행하던 1970년대 이후로 별로 달라진 게 없어 쓸쓸해 보였다. 짧은 쪽 벽에는 무대가 있었고, 홀 안에는 어두운 나무 테이블 수십 개가 놓여 있었으며, 그 위에는 플라스틱 화분이 자리하고 있었다. 커튼은 갈색과 주황색 원 모양 무늬였고 벽에는 겔더란트 농가의 흑백사진이 크게 인화되어 걸려 있었는데, 이미 누렇게 바랜 상태였다.

낮게 뜬 햇살이 창문을 통해 들어와 회색과 흰 머리카락들을 비췄다. 헤르트가 세어보니 대충 일흔 명쯤 되었는데, 그중에서는 자신이 젊은 축에 속하는 듯했다.

커피 줄이 거의 다 빠졌을 즈음, 헤르트도 커피 한 잔과 스트룹와플 하나를 받았다. 설탕과 프림은 테이블 위에 놓여 있었다.

자리로 돌아와 앉은 그는 시계를 보았다. 집에서 출발한 지 거의 3시간이 지나 있었다. 커피는 맛이 없었지만, 스트룹와플은 그럭저럭 먹을 만했다.

직원이 보온병을 들고 다니며 커피나 차를 더 마시고 싶은 사람이 있는지 물었다. 가격은 2유로 50센트로 현금 결제만 가능하다고 했다.

헤르트는 그녀가 연회장을 돌아다니는 모습을 눈으로 좇았다. 추가로 한 잔을 더 받은 사람은 다섯 명뿐이었다. 그녀가 헤르트에게 다가와 한 잔 더 마시겠냐고 묻자, 그는 고개를 저었다.

"맛있는 커피가 아니에요."

"오? 다른 분들은 아무 불평도 안 하시던데요."

"그렇다고 맛있는 건 아니죠."

그녀는 그에게 짜증 섞인 눈길을 던지고는 다른 테이블로 발걸음을 옮겼다.

잠시 후, 올드 미스터리 투어 소속의 직원이 탑승 절차를 설명했다.

주차장에 버스가 세 대 서 있는데 앞에 번호가 붙어 있었다. 1번 버스는 베를린으로 가고, 2번 버스는 트롬쇠로, 3번 버스는 운행하지 않았다. 직원은 승객들이 직접 목적지로 가는 버스를 찾아 짐을 맡겨야 한다고 했다. 기사가 그들의 이름을 명단에서 확인하고, 짐칸에 짐을 실어줄 거라면서 말이다.

"그러니까, 절대 짐을 직접 버스에 싣지 마세요."

직원의 말이 끝나기도 전에 대부분의 사람이 일어나 짐을 들고 서둘러 자신이 탈 버스로 향했다.

"저 사람들 전부 앞자리에 앉으려고 저러는 거야."

헤르트 옆의 테이블에 앉아 있던 한 여자가 전형적인 암스테르담 억양으로 일행에게 말했다. 일행은 네 명이었는데, 말도 많고 목소리도 커서 헤르트는 아까 전부터 그들을 눈여겨보고 있었다.

"그러게 말이야."

두 번째 여자가 대답했다.

"앞자리에 못 앉으면 서로 무릎에라도 앉으려나 보지."

요란한 웃음소리가 터져 나왔다.

헤르트는 되도록 저 사람들 근처에는 가지 않기로 마음먹었다. 평소와는 다르게 여행 가방을 들고 어수선하게 줄을 서 운전기사에게 신고할 차례를 기다리는 사람들을 앞질렀다. 자칫 잘못하면 누군가가 그의 옆자리에 앉게 될까 봐 걱정스러웠다.

"푸트만스입니다. 에스로 끝나요."

"좋은 아침입니다, 푸트만스 씨. 이 가방이 손님 것 맞죠?"

헤르트는 고개를 끄덕였다.

"배에서 이틀 밤을 묵을 동안 쓸 선내용 짐은 가지고 계신가요?"

헤르트는 자신의 작은 배낭을 가리켰다.

"좋습니다."

운전기사는 헤르트에게 친절하게 웃어 보이며 그의 이름 옆에 체크 표시를 하고, 짐을 짐칸에 실었다. 헤르트는 감사 인사를 하고 버스에 올라탔다. 앞자리는 이미 다 차 있었지만, 상관없었다. 뒷자리는 아직 자리가 많았기 때문이다. 헤르트는 그 상태가 계속되기를 간절히 바랐다. 그는 뒤에서 두 번째 줄로 가서 복도 쪽 좌석에 앉았고, 외투와 배낭은 창가 쪽 좌석에 올려두었다.

버스는 점점 사람들로 채워져 갔다. 헤르트는 창밖을 바라보았다. 이제 빈자리는 얼마 남지 않았는데, 바깥에는 아직 네 사람이 짐을 들고 기사 옆에 서 있었다. 완전히 맨 뒤쪽 좌석만 나란히 두 자리가 비어 있었다.

그때 예순쯤 되어 보이는 제법 통통한 여성 두 명이 숨을 몰아쉬며 가운데 문을 통해 버스에 올라탔다. 그들은 이리저리 둘러보다가 헤르트 뒷자리에 투덜거리며 앉았다.

"그래서 내가 아까 그랬잖아, 그냥 버스 옆에서 기다리는 게 낫다고. 완전 맨 뒤에 앉게 됐잖아."

"우리가 어떻게 1시간을 버스 옆에 서 있을 수 있었겠어? 너는 5분도 못 서 있잖아."

"내 보행 보조기에 앉아 있으면 되지. 그런데 혹시 보조기가 실렸는지 보여?"

"아니, 그런데 안 보이는 걸 보니 실린 것 같아."

그들의 대화에서 아흐터르훅이나 드렌터 지역의 억양이 강하게 느껴졌다. 헤르트는 이를 악물었다. 이런 식으로 12일을 보낸다면…. 식은땀이 났다.

하지만 더 큰 위협이 다가오고 있었다. 커플로 보이는 두 사람이 버스에 올라탔다. 정확히 보이지는 않았지만, 버스 안에는 그의 옆자리 외에는 빈자리가 딱 하나뿐인 것 같았다. 남자와 여자는 지금 그 자리 앞에서 망설이고 있었다. 둘 중 하나가 헤르트의 옆자리를 가리키자 그는 얼른 시선을 돌렸다. 시야 한쪽으로 그들이 뭔가 상의하는 것이 보였고, 이내 남자가 기사를 데리러 갔다. 기사가 뒤쪽으로 와서 혼자 앉아 있던 여성에게 말을 걸었고, 그 여자는 앞에 있는 두 좌석을 가리켰다. 다시 한번 기사가 그녀에게 무언가를 물었다.

"글쎄요. 전 그게 꼭 옳다고 보진 않지만, 알겠어요."

헤르트는 그녀가 말하는 소리를 들었다. 여자는 못마땅한 표정을 지으며 일어나 배낭을 들고 뒤쪽으로 걸어왔다.

헤르트는 계속해서 창밖만 응시했다.

"짐 좀 치워주시겠어요?"

헤르트는 전혀 예상하지 못했다는 듯 놀란 표정으로 고개를 들었다.

"아, 네, 물론이죠."

헤르트는 외투와 배낭을 집어 들고 한 자리 옆으로 옮겨 창가 쪽에 앉았다.

"감사해요."

그녀가 헤르트의 옆자리에 앉았다.

"시작부터 참 별로네요."

"뭐가요?"

"내 친구들 곁에서 쫓겨났잖아요."

"그거 안됐네요."

"네, 아주 안됐죠."

둘은 대화가 끊겼다.

헤르트는 왜 그들이 자신에게 앞으로 가서 이 여자 옆에 앉아달라고 요청하지 않았는지 의아했다. 그러면 그 커플도 뒤에 함께 앉을 수 있고, 지금 옆에 앉은 이 여자도 친구들과 함께 있었을 텐데. 그게 더 논리적인 선택이 아니었을까. 이제 와서 하는 말이지만, 이건 전부 자기들이 자초한 일이었다.

헤르트는 최대한 눈에 띄지 않게 자신의 옆자리를 슬쩍 살

퍼보았다. 여자는 예순쯤 되어 보였고, 짧은 머리에 굵은 팔 그리고 제법 통통한 체격이라는 게 그의 결론이었다. 그는 조금 더 창가 쪽으로 몸을 붙였다.

"좋은 아침입니다, 여러분. 진심으로 환영합니다. 제 이름은 레오이고, 앞으로 12일 동안 여러분의 운전사이자 여행 가이드입니다."

"운전사가 한 명뿐인가요?"

헤르트 뒷자리에서 조용한 목소리가 들렸다.

"그럼 뭐 다른 사람이라도 보여요?"

"만석이네요." 운전사는 즐겁게 계속 말했다. "앞으로 우리 함께…."

헤르트 옆에서 훌쩍거리는 소리가 들렸다.

"함께 잊지 못할 여행을 만들어봅시다. 그러기 위해선 여러분 모두의 협조가 필요합니다. 그 첫걸음으로 몇 가지 버스 규칙을 안내해 드리겠습니다. 우선 좌석에 대해서인데요. 고정석은 없습니다. 특정 자리를 정해버리면 다른 분들에게 불공평해질 수 있기 때문입니다."

헤르트의 옆자리에 앉은 여자가 벌떡 몸을 일으켰다.

"하지만 매일 같은 사람 옆에 앉기는 할 겁니다. 단, 버스의 진행 방향 기준으로 오른쪽에 앉은 분들은 매일 두 칸씩 뒤로, 왼쪽에 앉은 분들은 두 칸씩 앞으로 자리를 옮깁니다. 이렇게 하면 여러분 모두가 언젠가는 명예석, 그러니까 제 바로 옆이나 뒷자리, 맨 앞자리에 앉을 수 있게 됩니다.”

운전사 레오는 키가 작고 단단한 체격에 콧수염을 기른 남자로, 부드러운 ‘히읗’ 발음을 하는 브라반트 지역 억양을 썼다.

“다음은 커피와 차 그리고 다른 간식거리들입니다. 매일 아침과 오후에 제가 직접 신선한 커피를 한 잔씩 내려드립니다. 전기포트와 다양한 맛의 차도 준비돼 있고요. 그 외에도 캔 음료 그리고 점심쯤엔 좀 더 진한 걸 원하시는 분들을 위해 다양한 맛의 컵 수프도 있습니다. 또 와인을 좋아하시는 분들을 위해 화이트 와인, 레드 와인 그리고 로제 와인이 준비돼 있고, 시원한 맥주도 몇 병 있습니다. 단, 운행 중에는 커피나 차, 수프를 직접 따르지 않으셨으면 해요. 간혹 사고가 나곤 하거든요. 하지만 캔 음료나 와인은 직접 꺼내셔도 괜찮습니다.”

그 후 레오는 방금 한 말을 조금 다르게 표현하며, 거의 똑같은 내용을 한 번 더 설명했다.

“그리고 질문이 있으시면 언제든 말씀해 주세요. 최선을 다해 성실히 답변해 드리겠습니다.”

그는 그렇게 안내 방송을 마무리했다.

그다음 레오는 버스를 돌며 음료 쿠폰을 팔기 시작했다. 열 장에 15유로. 커피, 차, 탄산음료, 수프는 한 장, 맥주와 와인은 두 장을 내야 했다.

"리들에선 컵 수프 하나에 20센트면 사는데."

헤르트는 뒷자리에서 한 여자가 중얼거리는 소리를 들었다.

"그래서요?"

"아니요. 그냥 말해본 거예요."

"그렇군요. 그냥 말해본 거군요."

레오가 버스 안의 모든 사람에게 쿠폰을 다 팔고 나서 다시 마이크를 잡았다.

"화장실에 대해서도 잠깐 안내해 드릴게요. 우리 모두 알고 있듯, 마흔 명이 이 버스에서 대소변을 해결한다면… 그건 좀… 과하겠죠. 그러니 버스 화장실은 되도록 비상용으로만 사용해 주시기 바랍니다. 약 1시간 30분에서 2시간마다 한 번씩 정차해서 화장실에 들를 예정입니다. 그때 간단히 음료나 먹거리를 살 기회도 있을 겁니다. 물론 정말 급하신 분은 사용하실 수 있어요. 그런 경우에는 앞쪽으로 오셔서 저에게 열쇠를 받아 가시면 됩니다."

"그럼 누가 똥이 마려운지 다 알겠네요!"

헤르트의 대각선 앞자리에서 누군가 외쳤다. 버스 안에 웃음이 터졌다. 레오는 아무 대꾸 없이 못 들은 척했고, 조금 다른 표현으로 자신이 방금 한 말을 다시 한번 반복했다.

'여기는 유치원이고, 저 사람은 선생님이야'라고 헤르트는 생각했다. 아마 저 사람은 여행 내내 모든 걸 최소 두 번씩은 말할 터였다.

"그리고 음료 쿠폰에 대해서 한 가지 더 말씀드리자면요. 저한테 직접 주실 필요는 없습니다. 저는 여러분을 신뢰하거든요. 뭔가를 드셨다면, 해당하는 개수의 쿠폰을 좌석 팔걸이에 걸린 쓰레기봉투에 넣어주시면 됩니다. 제가 그걸 일일이 확인하지는 않을 겁니다. 그러니까 저에게 가져오지 마시고, 쓰레기봉투에 넣어주세요. 물론 다른 데에 버려도 상관은 없지만요. 어쨌든 저는 여러분이 알아서 잘 처리해 주실 거라 믿습니다. 쿠폰이 떨어지면 추가로 구입하실 수 있고요. 여행이 끝났을 때 쿠폰이 남으면 저에게 반납하시면 돈을 돌려드립니다. 이상입니다. 잘 이해하셨길 바랍니다.

자, 이제 본격적으로 출발해 볼까요. 오늘은 트라베뮌데까지 갑니다. 거기서 오늘 저녁에 야간 페리에 탑승할 예정이고요. 가는 길에… 아마도… 세 번쯤 정차할 것 같고, 트라베뮌데에서는 여유롭게 마을을 둘러보실 수 있습니다. 정말 볼 만한 곳이에요. 교통 체증이 없다면 이 일정대로 진행될 겁니다. 자, 이제 국경부터 넘어봅시다."

그는 운전석에 앉았다.

"운전사가 생각보다 작네."

헤르트는 대각선 앞자리에서 꺼낸 말을 들었다.

"가속 페달까지 발이 닿긴 하겠지?"

"그보다 난 브레이크까지 닿는지가 더 걱정이야."

웃음소리가 터졌다. 헤르트는 몸을 약간 왼쪽으로 기울여 복도를 바라보았다. 왼쪽, 두세 줄 앞쪽에는 암스테르담 출신의 부부 두 쌍이 앉아 있었다.

헤르트는 소리 없이 한숨을 쉬었다. 그는 암스테르담 사람들을 싫어했다. 그들은 늘 자신들이 재미있다고 여겼으며 모든 사람이 그 유쾌한 허세와 유머를 기다린다고 믿는 듯했다.

헤르트는 암스테르담과 관련된 것이라면 대부분 싫어했다. 가령 아약스를 봐라. 대담한 축구니, 진짜 아약스 DNA니 하는 그 맹목적인 찬사들… 정말이지 터무니없다.

헤르트는 평소에 축구를 보지 않았다. 다만 아약스가 졌다는 얘기를 들으면 요약 영상을 찾아보곤 했다. 그 잘난 체하는 오만함이 무너져 내리는 모습을 보는 게 통쾌했다.

버스는 유프라우 카켈 주차장을 빠져나갔다. 올드 미스터리 투어의 직원은 하품을 하며 자신의 스바루에 올라탔다.

"정말 보행 보조기는 안 보이지?"

뒷좌석 여자가 물었다.

"응, 아무것도 안 보여."

"그럼 버스 안에 실렸나 보네."

헤르트는 손목시계를 확인했다. 오전 10시 12분. 집을 떠난 지 4시간이 다 되어가고 있었다.

그는 수첩을 꺼내 펼쳤다. 지금까지 190킬로미터를 주행한 상태였다. 그는 수첩에 적었다.

베베르베이크 – 디담
평균 속도: 시속 47.5km

그다음 노트북으로 구글 지도를 열어 디담에서 트라베륀데까지의 거리를 확인했다. 468킬로미터. 여행 안내서에 나온 470킬로미터와 거의 일치했다.

"뭘 그렇게 적으세요?"

옆자리 여성이 몸을 기울여 그의 노트북을 들여다보며 물었다.

“거리요.”

“여행일지라도 쓰시는 거예요?”

“아니요.”

“전 미케라고 해요.”

“푸트만스, 에스로 끝나요. 헤르트입니다.”

“반가워요, 헤르트. 우리는, 그러니까⋯.”

“같이 묶인 거죠” 하고 헤르트가 말을 이어받았다.

미케는 웃음을 터뜨렸지만, 옆을 돌아보자 헤르트는 눈 하
나 깜짝하지 않고 있었다. 그녀의 웃음은 어색한 히죽거림으
로 끝났다.

“혼자 여행하세요, 헤르트?”

“네.”

“저는 친구 둘이랑 같이 왔어요. 그건 아마 눈치채셨을 거
고요. 디디랑 안네미예요.”

그녀가 그들을 가리켰다.

“저 금발이 디디.”

“자리를 바꿔가며 앉을 건가요?”

“네?”

“친구분들이랑 돌아가며 제 옆자리에 앉는 건가 해서요.”

미케는 잠시 당황한 듯 보였다.

"그건… 아직 얘기 안 해봤어요. 버스가 이렇게 꽉 찰 줄은 몰랐거든요."

"나도 혼자 앉고 싶었어요." 헤르트가 말했다.

"미안해요. 저 때문에… 불편하시겠네요."

"그런 뜻은 아니었어요."

헤르트는 깜짝 놀라며 말했다.

"아, 다행이네요."

두 사람의 대화는 운전사 레오 때문에 끊어졌다. 레오는 저녁에 페리에 탑승하기 전 체크인할 때 여권을 손에 들고 있어야 하며 여행 가방은 버스에 두어야 한다고 알려주었다.

"그러니까 여권은 캐리어에서 빼놓으셔야 하고요. 배에서 하룻밤을 보내야 하니 작은 짐가방을 따로 준비해 주세요. 기본적으로 짐은 버스에 둘 겁니다. 다만 어떤 이유로든 짐을 선실로 가져가야 하는 분이 계시면, 첫 번째 정차 지점에서 저에게 꼭 말씀해 주세요. 아, 그리고… 저희는 지금 독일 국경에 거의 다 왔습니다. 혹시 질문이 있으시면 망설이지 말고 말씀해 주세요. 최대한 도와드리겠습니다."

"난방 좀 더 틀어줄 수 있나요?" 한 여자가 소리쳤다.

"난방이요. 아, 누가 그 얘기를 해주셔서 다행이네요. 그건 항상 신경 쓰이는 부분이거든요. 모든 사람이 똑같이 더위나

추위를 느끼진 않으니까요. 항상 중간 정도 온도를 맞추려 노력하고 있습니다. 하지만 모두를 완벽하게 만족시킬 수는 없겠죠. 너무 춥거나 덥다고 느껴지시면 말씀해 주세요. 그리고 조금 두꺼운 스웨터를 챙기시는 것도 방법입니다. 특히 추우신 분들이요."

"레오는 말이 참 많네요." 헤르트가 중얼거렸다.

"뭐라고요?" 미케가 물었다.

"아, 죄송해요. 제가 혼잣말을 자주 해서요."

"괜찮아요. 저도 저희 강아지한테 늘 말을 걸어요. 오늘은 안 데리고 왔지만요. 브레다에 사는 제 딸이 맡아주고 있어요. 이름은 민디예요."

헤르트는 강아지 이름이 민디인지, 딸 이름이 민디인지 불분명하다고 느꼈지만, 굳이 캐묻고 싶진 않았다. 이 정도 대화면 충분했다.

"동물 키우세요?" 미케가 물었다.

"아뇨."

"동물 좋아는 하세요?"

"그다지요."

"전 동물을 정말 좋아해요. 가끔은 사람보다 동물이 더 좋다고 느낄 때도 있어요. 당신은요?"

헤르트는 잠시 고민했다. 솔직하게 말해도 될까, 무례하게
들리진 않을까?

"저, 괜찮으시면 제가 책을 좀 읽어도 될까요?"

미케는 대화 주제가 예상치 못하게 전환되자 다소 놀란 눈
치였다.

"아, 물론 괜찮죠. 다들 제가 말이 좀 많다고 하더라고요."

그녀는 스스로를 변호하듯 말했다.

"그런 뜻으로 말한 건 아니에요."

"저도 사실 책 읽는 거 정말 좋아해요."

그 말을 증명이라도 하듯, 그녀는 가방에서 책 한 권을 꺼
냈다.

"우리 이제 곧 쉬는 거 아닐까? 나 화장실 가고 싶은데."

"벌써?"

"난 원래 방광이 약했는데, 코로나에 걸린 이후로는 거의
1시간마다 가야 해."

"세상에, 노르, 그건 진짜 너무 자주 가는 거잖아."

헤르트는 책갈피를 적당한 페이지에 끼우고 책을 덮었다.
그리고 몸을 돌려 뒷좌석 여성들에게 말했다.

"죄송하지만 제가 원치 않게 두 분의 대화를 한마디도 빠짐

없이 다 듣고 있습니다.”

두 여성은 어리둥절한 얼굴로 그를 바라봤지만, 헤르트는 이미 다시 몸을 돌려 앞을 보고 있었다.

“아니, 뭐…” 이것이 그가 들은 마지막 말이었고, 그 뒤로는 속삭이는 소리만 났다.

헤르트는 시계를 확인했다. 버스는 지금 1시간 40분째 달리고 있었다. 그는 운전사 레오의 정차 계획이 버스에서 가장 방광이 약한 승객을 기준으로 짜인 건 아닌지 의심했다.

계산해 보니, 오늘처럼 긴 구간에서는 네 번이나 멈춰야 맞아떨어질 것 같았다.

★

레오는 45분짜리 휴식 시간을 공지했다. 버스에서 내린 승객 전원이 긴 행렬을 지어 주유소 화장실로 향했다. 줄 맨 끝에는 드렌터 출신의 두 여성이 서 있었다. 한 명은 지팡이를, 다른 한 명은 보행 보조기를 잡고 있었다.

그녀가 보행 보조기를 꺼내달라고 했을 때, 레오는 문제가 없다고 했다. 하지만 헤르트가 계산해 보니, 지금처럼 휴식 시간을 자주 준다면, 운전사는 여행 내내 그 보행 보조기를 거의

50번은 꺼냈다 넣었다 해야 할 터였다. 운전사가 친절하게 문제없다고 말하긴 했지만 분명 문제가 있었다.

헤르트는 잠시 그 행렬을 바라보다가 반대 방향으로 걸어 나갔다.

"잠깐 다리 좀 펴자고." 그는 혼잣말을 했다.

아우토반 옆의 주차장에는 걷기 좋은 곳이 별로 없었다. 그는 줄지어 서 있는 트럭들을 따라 걷다가 낡은 피크닉 테이블 두 개가 놓인 작은 풀밭에 도착했다. 거기서 그는 아버지가 오래전에 가르쳐준 체조 동작들을 몇 분간 해보았다.

"이게 네 허리를 살려줄 거다, 애야. 특히 나중에 앉아서 일하는 직업을 가지게 된다면 말이지."

그때 아버지는 그렇게 말했고, 헤르트는 그 말을 마음에 새겨서 하루도 빠짐없이 체조를 했다. 체조 덕분에 몸이 한결 나아졌다.

이제는 화장실 줄이 어느 정도 줄어들었을 거라 생각한 헤르트는 잔디밭을 가로질러 다시 버스 쪽으로 돌아갔다.

"으, 젠장."

개똥이었다. 헤르트는 나뭇가지 하나를 찾아 들고 피크닉 테이블 벤치에 앉아, 최대한 신중하게 그리고 조심스럽게 등산화 밑창의 홈에 낀 똥을 파내기 시작했다.

"이럴 줄 알았지." 헤르트가 투덜거렸다.

그는 시계를 확인했다. 화장실도 다녀오고, 커피도 한 잔 마시고, 점심으로 샌드위치도 사야 하는데 21분밖에 남아 있지 않았다. 고개를 들자 주차장에 버스 한 대가 들어와 정차하는 것이 보였다.

이건 예상하지 못한 일이었다. 헤르트는 발걸음을 재촉했다. 마지막 30미터는 거의 뛰듯이 달려 새로 도착한 버스 사람들보다 조금 먼저 화장실에 도착했다.

'이걸로 몇 분은 벌었어.' 그는 변기에 앉으며 속으로 만족스럽게 생각했다.

화장실에서 나왔을 때는 14분이 남아 있었다. 그는 카푸치노 한 잔과 햄샌드위치를 사서 서둘러 버스로 돌아갔다. 절대 늦게 돌아가고 싶지 않았다. 하지만 서두른 게 무색하게도 그는 바로 버스에 탈 수 없었다. 복도와 출입문 근처에 작은 정체가 생긴 탓이었다. 그 중심에는 운전사 레오가 서 있었고, 그는 열심히 커피와 차를 서빙하고 있었다.

"아니, 이렇게 정차 중인데 왜 다들 버스에서 커피를 주문하는 거지?"

헤르트의 혼잣말에 대머리 남자가 대답을 해왔다.

"저쪽 가게 가격 봤어요?"

그는 주유소 편의점을 가리켰다.

"커피 한 잔에 4유로 80센트! 여기 버스에서는 1유로 50센트. 게다가 여기 커피도 맛있잖아요. 그 돈 주고 딴 데서 사 먹는 건 자기 지갑에 도둑질하는 거죠. 안 그래요?"

헤르트는 자신이 들고 있는 카푸치노를 내려다보았다.

"그렇지 않아요?"

대머리 남자가 집요하게 물었다. 헤르트는 아무 대답도 하지 않고 몸을 돌려 사람들 사이를 비집고 자신의 자리인 버스 맨 뒤쪽으로 걸어갔다.

남자는 어깨를 으쓱하며 하늘을 향해 손을 살짝 들어 올리고는 옆에 있던 아내에게 어이없다는 표정을 지어 보였다. 그녀는 사용한 티백을 플라스틱 컵 위에 대롱대롱 매단 채 쓰레기통을 찾고 있었다.

"내가 뭘 잘못 말했나?" 그가 물었다.

"아니, 그냥… 저 사람은 좀… 이상한 사람인 것 같아." 아내가 속삭였다.

버스는 예정 시간보다 정확히 15분 늦게 고속도로에 다시 올라탔다. 헤르트는 시간까지 꼼꼼히 재두었다.

★

미케는 창가 자리든 복도 자리든 별로 상관없는 것 같았다. 하지만 헤르트는 꽤 오래 고민했다. 창가에 앉으면 바깥 풍경을 더 잘 볼 수 있지만, 복도 쪽에 앉으면 미케의 살집 있는 팔이 자꾸 자기 쪽으로 닿는 걸 막을 수 있었다. 고민 끝에 그는 창가 자리를 택했다. 하지만 풍경이라고는 회색 하늘 아래 펼쳐진 산업단지와 벌거벗은 논밭뿐이었다.

때때로 가늘고 축축한 빗방울이 흩뿌려졌다. 헤르트는 날씨 앱으로 일기예보를 확인했다. 예보대로였다. 남은 하루 내내 소나기가 이어질 예정이었다.

"날씨 운이 참 없네." 그의 등 뒤에서 누군가 말했다.

헤르트는 그 목소리의 주인공이 노르일 거라고 생각했다.

"가장 끔찍한 건 이 바람이야, 안티여."

이제 그는 다른 여자의 이름도 알게 되었다.

"그게 뭐가 문제야. 어차피 안에서 앉아 있을 텐데."

"하지만 곧 있으면 보-호-트 안에 앉잖아! 나 뱃멀미 진짜 심하거든. 토할까 봐 무서워 죽겠어."

헤르트는 일부러 과장되게 크게 헛기침을 했다.

뒤쪽의 대화가 뚝 끊겼다.

“감초 사탕 하나 드릴까요?”

복도 건너편에 앉은 여자가 미케에게 물었다. 미케는 흔쾌히 받았다.

“혹시 옆에 분도 드릴까요?”

“말 편하게 하세요. 전 미케고요, 제 옆에 앉은 분은 헤르트예요.”

“감초 사탕 좋아하세요, 헤르트 씨? 전 이레이네고, 제 남편은 빔이에요.”

헤르트는 잠깐 고민했다. 감초 사탕을 받으면 앞으로도 이런 식으로 간식이 올지도 몰랐다.

“감초 사탕 좋아하세요, 헤르트?” 미케가 다시 물었다.

“괜찮습니다, 사양할게요.”

“여기 좀 똥 냄새 나지 않아?” 뒤에서 또 누군가 말했다.

“그러게, 네가 그렇게 말하니까 더 그런 것 같아.”

헤르트는 앞만 뚫어지게 바라보았다.

두 좌석 틈에서 남자의 얼굴이 불쑥 나타났다.

“조심하세요, 선생님. 의자 등받이를 좀 뒤로 젖힐게요.”

헤르트는 고개를 끄덕였고, 앞좌석 등받이가 그의 쪽으로 약간 움직였다.

“불편하지 않으시죠? 저는 올라프라고 합니다.”

“헤르트예요. 헤르트 푸트만스, 에스로 끝나요.”

“전 미케예요.”

“두 분 혹시 남매세요?” 올라프가 물었다.

미케는 낄낄거리며 웃었다. “아니에요, 몇 시간 전에 처음 알게 됐어요.”

헤르트는 점점 긴장이 쌓이는 것을 느꼈다. 주위 사람들의 과한 관심과 참견이 그의 신경을 자극하고 있었다.

“전 이제 헤드폰 좀 낄게요.”

결국 헤르트는 특별히 누구에게랄 것 없이 그렇게 말하고는 헤드폰을 꺼내 착용했다. 그리고 고개를 돌려 창밖을 보았다. 그제야 불편한 마음이 조금씩 가라앉기 시작했다.

주변에서 몇몇 사람들이 눈썹을 치켜올리며 그를 흘끗 바라보았다.

★

“여러분, 우리는 아주 순조롭게 이동 중입니다.”

운전사 레오는 만족스러운 목소리로 마이크를 잡고 말했다. 그리고 곧 다음 화장실에 정차하겠다고 알렸다.

“30분이면 충분할 거예요. 그러니까 3시 15분까지는 모두 버스로 돌아와 주세요. 그동안 원하시는 분들을 위해 신선한 커피 한 잔 내려놓을게요.”

휴게소의 여자 화장실 앞에는 긴 줄이 늘어서 있었다. 반면 남자 화장실은 바로 들어갈 수 있었다. 이 문제는 헤르트가 수년간 골몰해 온 것이었다. 그는 오랜 시간 연구 끝에 하나의 공식을 도출해 냈다. 남녀의 비율이 같은 집단이라면, 여자 화장실은 남자 화장실보다 약 2.3배 더 많아야 한다는 것이었다. 그는 이 계산을 위해 여성과 남성이 평균적으로 화장실에 머무는 시간을 최대한 정확히 반영하려 했고, 또한 여성들이 남성보다 더 자주 화장실을 찾는다는 정보도 인터넷에서 확인했다. 다만, 계산에 반영하지 않은 변수는 연령이었다. 나이 든 사람일수록 방광이 약해 화장실을 더 자주 간다는 점은 고려하지 않았다.

헤르트는 수년 동안 화장실에 들를 때마다 남자 화장실(소변기 포함)의 수를 세어 여자 화장실의 수와 비교하곤 했다. 이 때문에 가끔 여자 화장실 근처를 서성이다 놀란 눈초리나 의심을 받기도 했지만, 그는 연구를 위해서라면 그 정도는 감수할 만하다고 생각했다.

그의 연구 결과는 이러했다. 여성은 남성보다 2.3배 더 많은 수의 화장실이 필요하지만 평균적으로 남성보다 적은 수의 화장실을 이용하고 있다. 이러한 차이를 낳는 결정적 요인은 남성용 소변기였다. 남성용 소변기는 공간과 시간을 절약하는 구조여서 화장실을 설계할 때 이 점을 고려해야 하지만 실제로는 거의 그렇지 않은 듯했다.

헤르트는 낯선 화장실이 불편했다. 특히 젠더 중립 화장실은 더더욱 그랬다. 그는 가능하면 집에서 해결하는 걸 선호했지만, 앞으로 12일간은 불가능했다.

★

운전사 레오가 트라베뮌데에 도착했다고 알렸다. 헤르트는 헤드폰을 벗고 시계를 확인했다. 5시 15분 전. 디담을 출발한 지 6시간 35분이 지났다. 그는 노트를 꺼내 적었다.

디담 – 트라베뮌데: 468km
평균 속도: 시속 71.1km

레오가 다시 마이크를 들고 말했다.

"곧 트라베뮌데에 도착하면, 여러분께 약 1시간 30분 정도의 자유 시간이 주어집니다. 그동안 이 아름답고 오래된 도시를 둘러보실 수 있어요. 다시 버스로 돌아오실 시간은… 6시 15분으로 할게요. 도심은 트라베강 건너편에 있습니다. 저희가 곧 버스를 주차할 장소에서 보면 왼쪽 사선 방향에 있는 보행자 다리를 건너시면 돼요.”

헤르트의 바로 뒷좌석에서 깊은 한숨이 들려왔다.

“1시간 30분이라니, 너무 기네. 그 시간 동안 뭘 하라고?”

미케는 헤르트가 헤드폰을 벗은 틈을 놓치지 않고 물었다.

“오늘 밤에 배는 몇 시에 출발하나요?”

“새벽 2시요.” 헤르트가 대답했다.

“그렇게 늦게? 그럼 스웨덴엔 몇 시에 도착하는 거예요?”

“우리는 핀란드로 가는 거예요.”

“핀란드?”

헤르트는 도무지 이해가 되지 않았다. 어떻게 이렇게 아무 준비도 안 된 채 여행을 올 수 있는 것일까.

그는 여행 전부터 올드 미스터리 투어에서 받은 안내 책자를 꼼꼼히 읽었고, 그 내용이 상당히 불완전하다는 결론을 내렸다. 예를 들어, 페리의 출발 시간과 도착 시간이 적혀 있지 않았던 것이다. 그래서 그는 인터넷을 검색해 그 정보를 여행 안내 책자에 덧붙여 적어 두었다.

"나는 스웨덴에 가는 줄 알았어요. 바보 같죠?"

헤르트는 고개를 끄덕였다.

"그럼 우리는 언제 배에 타고, 항해 시간은 얼마나 돼요?"

헤르트는 마치 수업하듯 설명을 시작했다. 높은 차량, 그러니까 버스 같은 경우는 밤 10시 30분에 승선할 수 있고, 배는 새벽 2시에 출항, 그리고 32시간 항해 후 오전 10시에 핀란드 헬싱키에 도착한다고. 그 후에 오울루까지 버스로 이동하는 일정이라고 덧붙였다.

미케는 말 그대로 넋이 나간 표정이었고, 이마에는 깊은 주름이 잡혔다.

"그럼 배에서 이틀 밤이나 자는 거잖아요? 난 하룻밤 자는 줄 알고 기내용 가방도 딱 하루치만 싸 왔는데. 이런, 나 잠깐만…"

그녀는 황급히 일어나 흔들거리며 두 친구가 있는 자리로 갔다. 그리고 곧, 세 사람 사이에 분주한 논의가 벌어졌다.

버스는 마침내 트라베뮌데의 주차장에 도착했고, 레오는 또다시 마이크를 들었다.

"그러니까 모두 6시 15분, 정확히 18시 15분까지 버스로 돌아와 주세요. 여기서 항구 근처에 있는 식당까지는 15분 거리이고, 거기서 저녁 식사가 기다리고 있습니다. 다들 즐거운 시간 보내시고, 궁금한 점이 있으면 주저 말고 물어보세요. 바보 같은 질문이란 없습니다. 자, 그럼 6시 15분에 다시 뵙겠습니다. 그리고 잊지 마세요. 밖은 쌀쌀합니다."

사람들은 거의 동시에 자리에서 일어나 외투와 스카프, 가방 등을 챙기기 시작했다. 헤르트는 버스가 천천히 비워지는 것을 보며 결심했다. 남은 일정 내내 자신은 항상 버스가 거의 비워질 때쯤 나가겠다고. 그가 자리에서 일어났을 때는 그의 뒤쪽 좌석에 앉아 있던 드렌터 출신 자매 둘만이 남아 있었다. 헤르트는 그들에게 먼저 나가라고 권했지만, 두 사람은 그대로 앉아 있었다.

그사이 레오가 버스 맨 뒤까지 걸어와 상황을 살폈다.

"저희, 두 가지만 여쭤봐도 될까요?"

안티여가 말했다. 노르도 고개를 끄덕이며 동의했다.

"말씀하세요." 레오는 미소를 지으며 말했다.

"첫 번째로요, 멀미약은 언제 먹어야 하나요?"

그 질문은 레오도 예상치 못한 듯했다.

"어… 그건 약 종류에 따라 다르니까요. 아마도 약 봉투에 있는 설명서를 읽으시는 게 제일 좋을 것 같아요."

헤르트는 몸을 반쯤 돌리더니 차분하게 말했다.

"레오는 버스 기사지, 버스 의사는 아니잖아요."

안티여와 노르는 잠시 말을 잃고 멍해졌다.

"두 번째 질문은 뭐죠, 샤프 여사님?"

처음에 헤르트는 레오가 자매 중 한 명을 놀리듯 '양'이라고 부른 줄 알았다. 그런데 그들이 전혀 기분 나빠하지 않자, 그제야 진짜 성이 '양'이라는 뜻을 가진 '샤프'라는 걸 깨달았다.*

"두 번째 질문은요, 저희가 버스에 있어도 되냐는 거예요."

노르 샤프는 기대 어린 눈으로 운전사를 바라보았다.

"하지만 그러시면 이 아름다운 독일 마을을 놓치게 됩니다. 목조 주택과 오래된 성문, 멋진 가게들이 가득한 곳이에요."

안티여는 자신의 다리를 가리켰다.

"제가 다리가 좀 안 좋아서요."

레오는 충분히 공감하는 표정으로 말했다.

"아이고, 불편하시겠네요. 괜찮습니다, 원하시면 그냥 버스에 계셔도 돼요."

헤르트는 입술을 뜯으며 잠시 망설이다가 조심스럽게 여행 조건에 보면, 참가자는 기본적인 체력을 갖춰야 한다고 명시돼 있다고 말했다.

자매는 다시 한번 말을 잃었지만 곧 안티여가 날카롭게 되

---

* '샤프'가 '양'이라는 의미를 지닌 단어여서 나온 언어유희

물었다.

"그쪽이 무슨 상관이죠?"

노르도 고개를 세차게 끄덕이며 거들었다.

"아무 상관없어요. 전 단지 조건을 인용했을 뿐입니다."

운전사 레오가 재빨리 개입했다.

"그냥 계셔도 괜찮습니다. 전혀 문제없어요. 포르트만스 씨는 나가시겠죠?"

"푸트만스입니다."

"아, 네네, 죄송해요. 푸트만스 씨, 물론이죠."

헤르트는 외투와 스카프, 장갑을 챙겨 입고, 레오와 함께 앞으로 걸어 나갔다. 버스에서 내려 자매의 귀에 들릴 만한 거리에서 벗어나자, 레오가 속삭이듯 헤르트에게 말을 걸었다.

"엄밀히 말하면 푸트만스 씨 말씀이 맞긴 합니다만, 저희는 규정을 좀 유연하게 적용하는 편입니다."

"저야 상관없어요. 다만 여행 약관에는 '기본적인 체력'이 있어야 한다고 명시돼 있어요. 그런데 저건 기본 체력이 아니죠. 만약 저런 체력을 지닌 사람도 허용된다면, 약관에 '기본적인 체력이 없어도 됨'이라고 써야죠."

레오의 입꼬리가 살짝 올라갔다.

"그럼 이따 뵙죠, 푸트만스 씨."

"이따 뵙죠."

헤르트는 주변을 둘러보았다. 다른 여행객들은 이미 저만치 앞서 다리를 건너 트라베뮌데의 옛 중심가 쪽으로 향하고 있었다. 굳이 그들에게 따라붙을 필요는 없어 보였다. 대부분은 오른쪽으로 꺾어 가장 관광객이 붐비는 거리로 들어섰지만, 헤르트는 왼쪽으로 향했다. 낮게 뜬 태양이 잠시 구름 사이로 모습을 드러내며, 강가의 낡은 창고 건물들을 황금빛으로 물들였다. 헤르트는 좁은 골목길을 이리저리 누비며 걸었다. 그러면서도 길을 되짚어 돌아올 수 있도록 주의 깊게 방향을 기억해 두었다. 그는 작은 슈퍼마켓에 들러 다이어트 콜라 네 캔을 샀다. 버스 안에는 일반 콜라밖에 없었기 때문이다.

걸으며 그는 샤프 자매에 대해 생각했다. 버스를 오르내리기도 어려운 몸으로 왜 굳이 이런 단체 여행을 신청한 걸까? 그들은 버스에서 내릴 때도 뒷걸음질을 할 수밖에 없었다. 그런 사람에게 여행 약관을 알려주는 게 과한 행동일까? 그들은 약간 화가 난 것처럼 보였다.

헤르트는 어디 카페 같은 데서 뭐라도 마실까 잠시 고민했다. 그는 베베르베이크에서도 술집이나 카페에 거의 가지 않았다. 음식점이 너무 붐비면 가끔 가볍게 공황 발작이 올 때도 있었고, 반대로 사람이 거의 없으면 그 나름대로 불편하게 느껴졌다. 그러니 적당한 인원수가 중요했다. 그는 몇몇 카페 안을 들여다보았지만, 전부 너무 붐볐다. 시계를 본 그는 앞으로 50분 정도 더 걸어 다니기로 마음먹었다. 그러면 정확히 6시쯤 버스에 돌아올 수 있을 것이다.

길 건너편에서 다른 여행객 네 명이 그를 향해 걸어오고 있었다. 그는 인사를 해야 할지 망설였다. 한다면 어떻게 해야 할지도 고민됐다. 결국 상대방이 먼저 행동하게 두기로 했다. 그중 한 명이 손을 들어 가볍게 흔들자, 헤르트도 따라 손을 흔들었다. 그걸 본 나머지 세 사람도 차례로 인사를 했고, 헤르트는 그때마다 모두에게 일일이 손을 흔들었다.

정확히 6시에 헤르트는 다시 주차장으로 돌아왔다. 비가 조금씩 내리기 시작했고, 대부분의 사람은 이미 버스 안으로 돌아와 있었다. 그의 뒷자리 두 자매는 아예 자리에서 일어나지 않은 듯 보였다.

그들은 헤르트가 자리로 돌아온 것이 그다지 반갑지 않은 기색이었다.

"조금 전에 제가 뭔가 실수했던 것 같네요."

그는 조용히 두 사람에게 말했고, 그 어떤 대답도 기다리지 않은 채 자기 자리로 돌아가 앉았다. 옆자리의 미케는 아직 친구들과 함께 있는지, 그는 잠시 혼자만의 공간을 누릴 수 있었다.

그는 노트북을 꺼내 들고 다음과 같이 썼다.

집에서 출발한 시간: 06시 17분

페리 예상 출항 시간: 02시 00분

집에서 페리까지 총 이동 시간: 19시간 43분

주행 경로: 베베르베이크 - 암스테르담 - 위트레흐트 - 제담

- 디담 - 트라베뮌데

총 거리: 658km

평균 속도: 시속 33.5km

레오의 목소리가 다시 울려 퍼졌다.

"여러분, 비록 비가 오긴 하지만 트라베뮌데를 조금이나마 즐기셨기를 바랍니다. 이제 몇 분 안에 저녁 식사를 할 식당으로 이동하겠습니다. 식사 후에는 그리 멀지 않은 거리의 부두로 이동할 예정이고요. 10시까지는 페리 탑승장에 도착해 가능한 한 앞 순서로 승선하려고 합니다. 그래도 저녁 식사 시간은 충분히 드릴 테니 여유 있게 드세요. 그리고 여권을 꺼내두는 걸 잊지 마시길 바랍니다. 식당에서 나와 곧바로 배로 이동할 건데 그때 여권이 캐리어 안에 있으면 곤란하거든요."

미케가 다시 헤르트 옆자리에 와서 앉았다.

"아까 배에서 두 밤을 잔다고 말해줘서 정말 다행이에요, 헤르트. 디디랑 안네미도 내일 아침에 도착하는 줄 알더라니까요. 심지어 도착지까지 착각하고 있었다니… 진짜 바보 같죠, 그쵸."

헤르트는 고개를 끄덕이고는 이런 짧은 거리에도 헤드폰을 껴야 하나 말아야 하나 고민했다. 결국 그건 좀 모양새가 이상할 것 같다고 판단하고 대신 책을 꺼냈다.

★

식당 안에는 네덜란드 여행객들을 위한 별도의 구역이 마련되어 있었다. 여덟 개의 테이블이 세팅되어 있었는데 자리를 고를 때 어색한 분위기가 감돌았다. 암스테르담 출신 네 사람만이 아무렇지도 않게 가장 앞 테이블에 털썩 앉았다.

줄의 맨 뒤에 서 있던 헤르트는 머뭇거리며 정확히 40개의 세팅된 좌석 수를 세었다. 그런 다음 어디에 앉을지 결정하고 싶지 않아서 먼저 화장실에 다녀오기로 했다. 식당으로 돌아왔을 때 남은 자리에 앉으면 되겠다고 생각한 것이다.

그런데 다시 식당에 들어서자, 당황스러운 상황이 펼쳐져 있었다. 자리가 단 하나 남아 있었는데, 하필 암스테르담 네 사람이 앉은 테이블이었다. 그는 잠시 주위를 둘러보며 망설였다.

"이리 와요, 친구. 우린 물지 않아요."

목덜미에 문신이 있는 크고 뚱뚱한 남자가 말했다. 결국 헤르트는 그 자리에 앉았다. 그 남자가 모두를 소개했다.

"나는 디르크고, 이쪽은 샤론, 저 둘은 로드니랑 트레이스. 그리고 저기 디디는 방금 5분 전에 우리랑 단짝 친구가 됐지. 그치, 디디?"

디디는 어색한 미소를 지으며 고개를 끄덕였다.

"저는 푸트만스입니다. 헤르트 푸트만스."

"좋아요, 풀트만스 씨. 근데 너무 오래 풀이 죽어 있진 말아요. 알죠?"

로드니가 말했다. 헤르트는 의미를 이해하지 못하고 그를 바라보았다.

"뭐라고요?"

"풀트만스니까 그렇게 풀이 죽은 거잖아요. 그러지 말라고요, 이 사람아.*"

---

* 네덜란드어로 'in de put'은 '우울해하다'라는 뜻으로, 푸트만스의 이름을 'Putman'이라고 잘못 들어 '우울한 남자=put man'이라고 놀리는 것

"아 네. 아니, 그러니까… 제 성은 풀트만이 아니라 푸트만스입니다."

헤르트가 말했다. 그는 그렇게 말하고 고개를 돌렸다. 불과 40센티미터 옆에 햇볕에 그을리고 주름진 샤론의 목덜미가 보였다. 목에는 디르크와 같은 문신이 새겨져 있었는데, 아마도 코브라를 표현하려고 한 것 같았다. 왼쪽 구석에서는 로드니가 엉성한 치아를 드러내며 웃고 있었고, 대각선 건너편에는 얼굴 전체에 시술의 흔적이 남아 있는 트레이스가 앉아 있었다. 헤르트는 그녀를 보고 인생 최악의 TV 프로그램 중 하나였던 〈실패한 성형수술들〉이라는 다큐멘터리를 떠올렸다. 정면에는 디디가 앉아 있었는데 그녀는 헤르트를 보고 친근하게 고개를 끄덕여 보였다.

"어디서 오셨어요, 헤르트?" 디디가 물었다.

"베베르베이크요. 당신은요?"

"말 편히 해요. 난 아인트호벤에서 왔어요."

"난 당신 친구 미케 옆자리에 앉아요."

"아, 얘기 들었어요."

대화는 그쯤에서 끊겼다. 그때 웨이터가 와서 음료 주문을 받기 시작했다.

"조심해, 헤르트 씨. 이건 개인 부담이야."

샤론이 주의를 줬다.

"아까 당신이 없을 때 레오가 말했거든."

암스테르담 팀은 맥주 두 잔과 화이트 와인 두 잔을 주문했다. 디디는 레드 와인을 시켰다.

"다이어트 콜라 있어요?" 헤르트가 물었다.

"아무래도 그쪽은 레드 와인을 너무 많이 마셔서 더는 안 되겠는 모양이지?"*

로드니가 킥킥거리며 헤르트의 뺨을 가리켰다. 모두들 웃었지만, 디디만은 웃지 않았다. 그녀는 로드니에게 날카로운 시선을 보냈다.

"제 볼에 있는 점을 말씀하신 건가요?" 헤르트가 물었다.

"그래 그 빨간 얼룩 말이야. 화이트 와인이었으면 얼룩이 표나지 않았을 텐데. 그건 눈에 덜 띄거든."

로드니는 아무렇지도 않게 말을 이었다. 그러고는 표정이 굳은 디디를 바라보았다.

"당신 유머 감각이 좀 이상하네요." 디디가 말했다.

"뭐, 이런 농담은 익숙해요."

---

* 헤르트의 얼굴에 붉은 점이 있는 걸 보고 와인을 많이 마셔서 그런 점이 생긴 거냐고 놀리는 것

헤르트는 맞은편에 앉은 디디에게 조용히 말했다.

"학교에 다닐 때도 다를 게 없었죠."

–

"무슨 일이니, 회르트? 왜 여기에 혼자 앉아 있지?"

이스커 선생님이 놀란 얼굴로 물었다. 아홉 살짜리 꼬마 회르트는 자전거 보관소 뒤편 구석에 쭈그려 앉아, 겁먹은 눈으로 선생님을 바라보고 있었다.

"말해보렴, 아가야. 왜 놀이터나 모래밭에서 신나게 놀지 않고 여기 숨어 있어?"

회르트는 어깨를 으쓱하며 땅바닥만 바라봤다. 이스커는 그의 뻣뻣한 금발의 곧은 머리를 부드럽게 쓰다듬더니, 손을 잡아 일으켜 세우고는 자신도 쭈그려 앉아 눈을 맞추었다.

"누가 괴롭혔니?"

회르트는 고개를 저었다.

"회르트, 선생님 좀 봐. 정말 괴롭힘당한 거 아냐?"

회르트는 결국 울음을 터뜨렸다.

"자꾸 저더러 '얼룩이'라고 부르고, 같이 못 놀게 해요. 그리고 저를 밀었어요…."

"누가 그랬니?"

회르트는 고개를 숙인 채 아무 말도 하지 않았다. 이스커 선생님은 다정하게 채근했다.

"누구야, 회르트? 선생님한테는 말해도 돼."

"마르셀이랑 요니요…. 그리고 다른 애들도 같이 웃었어요."

"그건 정말, 정말 못된 짓이야. 선생님이 어떻게든 해결해 보마."

회르트는 고개를 저었다. 전에 비슷한 일이 있었을 때도 이스커 선생님이 해결해 주겠다고 했지만, 그날 수업이 끝난 뒤 공원에서 그를 기다리고 있던 마르셀과 요니와 마주쳤다. 그 애들은 그의 외투와 가방을 진흙에 던지고 입에 풀을 쑤셔 넣었다.

"이제 좀 조용하겠네, 고자질쟁이 새끼."

그들은 포복절도하며 떠나갔다.

—

식탁 위로 크리미한 양송이 수프가 도착했다.

"무슨 일 하세요, 헤르트?" 디디가 말을 걸었다.

"전에는 회계사였어요."

"아, 지금은 아니시고요?"

"네, 해고당했어요."

"아휴…"

디디는 말을 이을지 말지 망설이는 것처럼 보였다. 이 상황에서 더 물어봐도 괜찮을까 하는 표정이었다. 결국 그녀는 수프에 집중하기로 했다.

헤르트도 고개를 숙여 조용히 자신의 그릇을 바라보았다.

"아아아주 천천히 드세요." 트레이스가 말했다.

"페리 출발까지 6시간도 넘게 남았으니까요."

"이럴 거면 오늘 아침에 적어도 4시간은 더 잘 수 있었을 텐데 말이야! 이 여행은 뭐 하나 하려면 다 이렇게 오래 걸려. 말도 안 돼. 차라리 자전거를 타고 오는 게 나았겠다니까!"

디르크가 그렇게 소리치는 바람에 옆 테이블까지 그 '유머'를 함께 들어야 했다.

"휴가 내내 이렇게 느릿느릿 가는 거 아냐?"

그의 여자 친구도 한마디 거들었다.

"베베르베이크에서 여기까지 평균 속도는 시속 33.5킬로미터였어요."

헤르트가 입을 열었다.

"배가 예정대로, 그러니까 새벽 2시에 출발한다면 자전거를 타고 오기엔 좀 빠듯하죠."

그는 고개를 들지도 않고 계속 식사를 이어갔다. 테이블의 다른 사람들이 당황한 듯 그를 바라보았다.

"뭐라고?" 로드니가 물었다.

헤르트는 같은 말을 또박또박 반복해 주었다. 로드니는 고개를 절레절레 흔들었다.

"그걸 버스 안에서 다 계산한 거야? 할 일이 없었나 봐?"

"없었어요."

네 명의 암스테르담 팀은 웃음을 터뜨렸다. 디디는 놀라움 반, 호기심 반이 담긴 표정으로 헤르트를 바라보았다. 하지만 헤르트는 마지막 남은 버섯 하나를 수저로 떠먹는 데 집중하고 있었다.

수프를 다 먹자 감자 퓌레와 브로콜리 그리고 슈니첼이 나왔다.

"이건 독일식 슈니첼치곤 너무 작잖아."

디르크가 불평하더니 웨이터에게 물었다.

"큰 사이즈도 있나요?"

웨이터는 원하면 두 번째 슈니첼을 주문할 수 있다고 설명했다. 두 남자는 곧바로 슈니첼을 더 달라고 요청하고는 되물었다.

"근데… 공짜예요?"

슈니첼은 공짜였다. 디디는 옆자리에 앉은 암스테르담 사람들 때문에 눈에 띄게 짜증이 나 있었다. 헤르트는 귀마개를 낄까 잠깐 고민했지만, 곧 어머니의 가르침을 떠올렸다. 생전에 어머니는 식탁에서 누군가의 말을 듣고 싶지 않다는 걸 대놓고 드러내는 건 무례한 행동이라고 자주 말했다. 그래서 그는 귀마개를 꺼내지 않기로 했다.

로드니는 맥주 두 잔과 화이트 와인 두 잔을 추가 주문했다.

"헤르트, 콜라 한 캔 더 마실래? 디디, 그쪽은 레드 와인?"

헤르트는 어떤 반응을 해줘야 예의상 적절할지 잠시 고민했다. 그때 디디가 살짝 웃으며 말했다.

"뭐, 왜 안 되겠어요. 어쨌든 우리는 휴가잖아요."

"그래요, 왜 안 되겠어요." 헤르트도 따라 말했다. "다이어트 콜라 하나 주세요."

식당 측은 저녁 시간이 무려 3시간이나 주어졌는데도 엄청나게 빠르게 서빙을 했다. 심지어 음식이 아직 다 비워지기도 전에 접시를 치워가려고 했다.

"하하, 잠깐만요, 잠깐만."

디르크가 그렇게 말하며 손을 자기 접시 위로 들어 가져가는 것을 막았다.

"슈니첼 하나랑 맥주 하나요. 가능한가요?"

"당신은 이미 둘 다 두 번씩 먹었어, 디르크." 그의 아내가 말했다. "그러다 진짜 살이 확 찔걸."

디르크는 팽팽하게 당겨진 티셔츠 위를 납작한 손으로 한 대 툭 쳤다.

"알잖아, 자기야. 노동으로 생긴 혹보단 술로 생긴 똥배가 낫다니까!"

그는 그 말을 하고서는 크게 웃었다. 아마도 그 농담을 열 번쯤 반복해서 했을 것이다.

웨이터는 주방장과 잠시 상의해야 한다며 물러났지만, 이내 슈니첼 하나를 더 가져왔다.

"이거 내가 너희를 위해서 시킨 거야!"

디르크가 식당에 울려 퍼지도록 크게 외쳤다.

"시간 좀 끌어보자는 거지! 안 그럼 우리 또 그 버스 안에서 몇 시간은 갇혀 있어야 하잖아!"

그러자 웃음이 터졌다. 그사이 디르크의 테이블에 앉은 다른 사람들 앞에 디저트가 놓이기 시작했다. 작은 컵에 담긴 디저트는 푸딩처럼 생긴 것이었다.

샤론이 조심스럽게 한 입 떠먹었다.

"맛있다, 이거."

"이거 테라코타인가 뭐 그런 거 아냐?" 트레이스가 말했다.

"이건 판나 코타예요." 디디가 도와주듯 말했다. "테라코타는 구운 찰흙을 말해요."

"흠, 이건 적어도 구운 흙 맛은 아니네."

로드니가 디저트를 입에 가득 담은 채 말을 이었다.

"이름은 거창하게 붙였지만, 그냥 토바 시럽 뿌린 푸딩이잖

아. 알버트 하인에서 파는 그 딸기 토바 말이야.”

“판나 코타, 이거 이탈리아 거 맞죠?”

트레이스가 디디에게 물었다. 디디는 고개를 끄덕였다.

“그러니까 맛있는 거야. 이탈리아 사람들은 요리를 정말 잘하잖아. 나 소피아 로렌의 요리책도 갖고 있는데. 표지에 엄청 큰 나무 숟가락 두 개를 든 사진이 있는 거 말이야.”

“난 소피아 로렌 하면 그 사진보다는 가슴의 엄청 큰 수박 두 개가 먼저 떠오르던데.”

디르크가 불쑥 끼어들었다.

“수박이라니요?”

의미를 이해하지 못한 헤르트가 의아한 표정으로 되물었다. 암스테르담 사람들은 박장대소했다.

헤르트는 시계를 흘깃 봤다. 8시 10분. 모든 게 순조롭게 흘러간다고 해도, 버스는 10시 30분에나 페리에 승선할 수 있을 것이고, 자신의 선실에 들어가 조용하게 쉴 수 있는 시간은 빠르면 10시 45분쯤 될 것이다. 아직도 최소 2시간 30분이 남아 있었다.

그는 일부러 천천히 디저트를 한입 떴다. 로드니 말대로 이건 정말 딸기 토바 시럽을 뿌린 푸딩 같았다. 하지만 알버트 하인에서 파는 것과는 미묘하게 맛이 달랐다.

"근데 우리 몇 시까지 버스로 돌아가야 하는 거지?"

디르크가 판나 코타를 퍼먹으며 물었다.

"레오가 그 얘기 했었나?"

"아뇨." 헤르트가 대답했다.

그는 이미 운전사 레오가 이들과 함께 식사하지 않는다는 걸 눈치챘다. 헤르트는 식당을 한 바퀴 둘러보다가 식당 반대편 구석에 혼자 앉은 레오를 발견했다. 작은 테이블 위에는 우유 한 잔뿐이었고, 레오는 휴대폰을 들여다보며 집중하고 있었다.

그 모습을 본 헤르트는 묘한 질투심을 느꼈다. 그도 이 번잡한 테이블에서 잠시라도 벗어나고 싶었다. 하지만 달리 변명거리가 떠오르지 않아 다시 화장실 핑계를 대기로 하고 자리에서 일어났다.

"벌써 버스로 가려는 거예요, 헤르트? 지금 가도 아직 못 탈걸요. 레오가 저기 앉아 있으니까."

디디가 버스 기사를 가리키며 말했다.

"그냥 화장실 좀 다녀오려고요."

"내 몫도 좀 대신 다녀와 줘, 헤르트."

디르크가 말하며 트레이스의 디저트를 쓱 자기 쪽으로 끌어당겼다. 그녀가 두 입 정도 뜬 것을 말이다.

"당신이 다녀오는 동안 내가 남은 거 좀 처리할게."

★

그들은 레오가 테이블 쪽으로 올 때까지 45분 이상을 더 앉아 있었다.

"여러분, 지금 시각은 밤 9시가 조금 넘었습니다. 저는 10시 15분까지 페리 터미널에 도착해서 체크인을 하려고 하거든요. 그래서 말인데 10시 정각에는 모두 버스로 돌아와 주세요. 페리로 이동하는 데 약 10분 정도 걸릴 겁니다. 그러니 1시간 후, 정확히 10시에 다시 버스 안에서 뵙겠습니다."

그때 안티여 샤프가 손을 번쩍 들었다.

"샤프 여사님, 말씀하세요."

"그럼 그때까지는 뭘 해야 하죠?"

"그건 자유입니다. 항구 주변을 산책하셔도 좋고, 여기 앉아서 커피 한 잔을 마셔도 괜찮습니다. 커피는 여행 요금에 포함돼 있어요."

"우리는 이미 커피를 마셨어요." 안티여가 말했다. "그럼 버스에 가서 앉아 있어도 되나요?"

"음, 그건 원래 계획엔 없긴 한데요…."

레오는 순간 평정심을 잃고 망설이는 표정을 지었다. 그는 아마도 머릿속으로 계산하고 있을 것이다. 앞으로 12일 내내 자유 시간마다 필요하지 않은 이상 1미터도 더 걷지 않을 드렌터 자매 둘과 버스 안에 갇힐 수도 있다는 가능성을 말이다.

샤프 자매는 억울하다는 표정으로 서로를 바라보았다. 이게 뭐가 문제지? 이것은 그들이 기대한 '서비스'가 아니었다.

레오는 곧 자세를 가다듬고 말했다.

"제가… 통화를 몇 통 해야 해서요. 당장은 좀 바쁠 것 같습니다만, 원하시는 분들은 9시 30분부터 다시 버스에 타실 수 있습니다."

이 소식에 많은 사람이 안도했다. 버스에서 제공하는 음료가 식당보다 훨씬 저렴했기 때문이다.

헤르트는 자리에서 일어나 스카프를 목에 두르고, 외투를 입은 다음, 작은 배낭을 멨다.

"이따 봬요."

그는 누구를 향한 말도 아닌 듯 중얼거리고 자리를 떠났다. 차가운 밤공기 속으로 들어가자 헤르트는 한결 편안해졌다. 그는 항구를 따라 25분간 걸어갔다가, 다시 같은 길을 따라 25분간 걸어 돌아왔다. 밤 9시 55분, 다시 버스에 올라탔을 때는 그가 마지막 승객이었다.

"다 왔어요!" 디르크가 버스 안에서 큰 소리로 외쳤다. "이제 액셀 밟으시죠, 레오!"

★

사실 그렇게 서두를 필요는 없었다. 버스는 식당에서 핀라인의 페리 터미널까지 10분 거리를 달려온 뒤, 벌써 1시간째 승선 대기 중인 버스와 트럭 행렬 사이에 정차해 있었다.

레오는 그 긴 대기 시간 동안 모든 승객의 여권을 수거하러 다녔다. 헤르트의 왼쪽 뒷자리, 버스 맨 뒤쪽 좌석에는 남녀 한 쌍이 조용히 앉아 있었는데, 지금까지 단 한마디도 하지 않고 있었다. 레오는 그들에게 가서 상냥한 어조로 여권을 달라고 요청했다.

여자가 말했다. "여권을 줘야 해."

남자가 말했다. "그건 네 가방에 있어."

"내 가방엔 없어. 당신이 직접 테이블에서 가져갔잖아."

"맞아! 그러곤 네 가방에 넣었지."

여자가 얼굴을 붉히며 가방 안을 뒤지더니 여권 두 개를 꺼내 레오에게 건넸다.

레오가 앞쪽으로 걸어가자, 여자는 남자에게 낮은 목소리로 쏘아붙였다.

"내 가방엔 손대지 마. 허락도 없이 뭘 넣지 말라고."

"넌 내 가방에 자주 손대잖아."

"그건 완전히 다른 문제야."

"그래? 뭐가 그렇게 다른데?"

"또 시작이네."

"시작은 내가 아니라 네가 한 거잖아."

헤르트는 일부러 과장되게 헛기침을 했다. 남자와 여자는 잠시 헤르트를 쳐다보고는 말다툼을 멈췄다.

옆자리 부부의 싸움을 대놓고 흥미롭게 구경하고 있던 샤 프 자매는 헤르트가 방해하자 못마땅한 표정으로 그를 노려 보았다. 그러나 그는 뒤에서 벌어지는 상황을 보지 못한 채 조 용히 책을 찾고 있었다.

미케가 헤르트 쪽으로 몸을 기울여 속삭였다.

"세상에… 겨우 하루 됐는데 벌써 싸움이라니. 앞으로 열흘 넘게 붙어 앉아 있어야 하는데, 생각만 해도 끔찍하네요."

헤르트는 움찔하며 몸을 옆으로 피했다. 작은 전율이 그의 몸을 훑고 지나갔다.

"아, 미안해요, 놀랐어요?" 미케가 조용히 말했다.

"난 누가 귀에 바람 부는 걸 정말 못 견뎌서요."

미케는 사과하듯 두 손을 들며 말했다.

"다시 한번 미안해요. 앞으로는 조심할게요."

버스는 줄을 따라 다시 15미터쯤 앞으로 이동했다.

미케 건너편에 앉은 이레이네는 주변 사람들에게 피셔맨스 프렌드 사탕을 하나씩 권했다. 미케는 하나 받아 들었고, 헤르트는 정중하게 사양했다. 그러고는 손으로 입을 가리고 살짝 숨을 내쉬어 보았다. 혹시 입냄새가 나지는 않을까 싶어서였다. 냄새는 안 나는 것 같았지만, 확신이 없었다. 시계를 보니 마지막으로 양치한 것이 거의 18시간 전이었다. 그러니 가능성은 있었다. 헤르트는 앞으로 이런 상황에 대비해서 껌을 씹는 습관을 들이기로 마음먹었다. 어머니는 그에게 수없이 강조했었다. 입냄새가 나지 않게 하는 게 예의의 기본이라고.

드디어 버스가 세관 부스에 도착했고, 레오는 여권 묶음을 들고 차에서 내렸다. 10분 뒤에 레오가 돌아왔다. 버스는 거대한 페리의 내부로 진입해서 선박 승무원들의 안내에 따라 주차되었다.

"자, 여러분, 드디어 우리가 와야 할 곳에 도착했습니다."

레오가 마이크를 들었다.

"지금부터는 주의 깊게 들어주세요. 실수를 방지해야 하니까요. 이제부터 제가 여러분한테 여권, 객실 카드 그리고 조식 또는 내일 저녁 식사를 예약하신 분들을 위한 바우처를 나눠 드릴 거예요. 객실 카드에는 객실 번호가 적혀 있습니다. 첫 번째 또는 두 번째 숫자는 객실이 위치한 갑판을 나타냅니다. 예를 들어, 객실 번호가 9314라면 9층 갑판에, 10232라면 10층 갑판에 객실이 있다는 뜻입니다."

그 뒤로 레오는 다음 날 아침 식사와 저녁 식사가 어디서 몇 시에 제공되는지, 안내 데스크의 위치, 선상에서 할 수 있는 활동들에 대해 장황하게 설명했다. 그러고는 방금 했던 모든 설명을 한 번 더 반복해서 말했다.

"마지막으로, 아주 중요한 점을 하나 말씀드릴게요. 내일 아침이 아니라, 모레 아침에 다시 버스로 돌아갈 시간이 방송으로 안내될 겁니다. 보통 9시 30분쯤이지만, 정확한 시간은 선내 방송을 잘 들어야 알 수 있어요. 이 안에서는 늦으면 기다릴 수가 없으니 꼭 시간 맞춰 오셔야 합니다. 그리고 꼭 기억하세요. 버스는 4A 갑판에 있습니다. 못 외우겠다면 지금 적어두세요. 4A. 그리고 버스 오른쪽에 바로 계단이 있습니다. 오른쪽입니다."

그는 모두에게 잘 자라고 인사한 뒤, "모레 뵙겠습니다" 하고 버스 문을 열었다.

헤르트가 시계를 보니 11시 40분이었다. 버스는 느릿느릿

비워지기 시작했다. 몇몇 사람들이 스카프나 책, 작은 가방 같은 물건을 놓고 나가는 바람에 다시 버스로 들어오는 일도 생겼다.

헤르트는 샤프 자매와 뒤쪽의 불쾌한 부부가 먼저 나가도록 기다렸다. 그리고 마지막으로 버스에서 내렸다. 그 순간, 샤프 자매 중 한 명이 두려운 목소리로 레오에게 묻는 것이 들렸다.

"엘리베이터… 있나요?"

레오는 30미터쯤 떨어진 곳에 있는 엘리베이터 표지판을 가리켰다. 노르와 안티여 샤프는 한숨을 쉬고는 투덜대면서 버스와 트럭 사이의 좁은 통로를 힘겹게 뚫고 나아갔다. 그들은 엄청나게 커다란 기내용 캐리어 두 개를 질질 끌고 있었는데, 바퀴가 범퍼에 걸려서 몇 번이고 멈춰 서곤 했다.

헤르트는 그들이 버둥거리는 모습을 지켜보며, 이 배에서 영영 길을 잃어버렸으면 좋겠다고 생각했다. 다만 어머니는 그런 생각은 속으로만 하는 건 괜찮지만, 입 밖으로 내면 안 되는 거라고 했다.

그는 계단을 이용해 올라갔다. 큰 홀에 도착한 뒤, 거기서 다시 엘리베이터를 타고 10층으로 올라갔다. 그의 객실은 10268호였다. 하지만 그 방이 있는 복도는 빨간색과 흰색 띠로 막혀 있었다. 처음에 헤르트는 그 띠가 독일 경찰이 친 통제선이 아닐까 걱정했지만, 곧 그렇지 않다는 사실을 알게 되었다. 단지 그쪽 객실이 아직 청소가 끝나지 않았던 것뿐이었다. 배에서 일하는 직원이 45분 정도 더 걸릴 거라고 독일어로 말하는 소리가 들렸다.

헤르트는 시계를 확인했다. 그러면 자신은 밤 12시 30분쯤에야 객실에 들어갈 수 있을 것이다. 무려 19시간이나 이동하고 나서 겨우 쉴 수 있게 되는 것이다. 그는 가장 가까운 벤치에 앉아 누군가 그 띠를 걷어주기를 기다렸다.

★

헤르트는 여행 전에 확실히 해두고 싶어서 출발 직전까지도 올드 미스터리 투어에 전화를 걸어 자신이 1인용 객실을 받는 게 맞는지 확인했었다. 그런데 막상 객실 문을 열고 들어서자, 침대가 두 개 놓여 있어 순간적으로 깜짝 놀랐다. 헤르트는 재빨리 다시 바우처를 확인했다. 바우처에는 분명히 1인실이라고 적혀 있었다. 확실히 하기 위해 헤르트는 서둘러 객실 문을 잠갔다.

헤르트는 두 침대 사이에 배 특유의 둥근 창문을 발견하고는 만족스러웠다. 이 부분은 굳이 여행사에 다시 전화해 따지기에는 좀 그래서 묻지 못했던 부분이었다. 창밖을 내다보니 부두의 불빛과 실루엣처럼 서 있는 크레인들이 보였다.

작은 테이블 위에는 텔레비전이 걸려 있었다. 모든 채널을 한 번씩 돌려봤지만, 네덜란드 방송이 나오는 채널은 없었다. 텔레비전을 끄고 헤르트는 배낭을 침대 위에 올려두고 짐을 풀기 시작했다. 두 번째 침대 위 선반에는 속옷, 양말, 잠옷, 셔츠를 올려놓았고, 자기 침대 위 선반에는 다이어트 콜라 두 캔과 트윅스 초콜릿을 가지런히 놓았다. 욕실에 들어가서는 세면대 위 선반에 치약, 칫솔, 비누, 샴푸, 면도기, 빗, 비타민 알약을 나란히 정리했다. 그러다 샤워 부스 안에 작은 샴푸와 보디워시 병이 있는 걸 발견하고는 잠시 고민하다가 보디워시 병을 자신의 세면도구 가방에 넣었다.

마지막으로 그는 《상급자를 위한 스도쿠》를 침대 옆 테이블 위에 올려놓았다. 그 책은 비상용으로 그가 불안하거나 초조할 때 마음을 가라앉히는 용도였다. 하지만 지금은 충분히 차분한 상태였다.

그는 만족스러운 눈빛으로 선실을 천천히 둘러보았다. 그리고 침대에 앉아 배가 출항하기를 기다렸다. 그는 그동안 휴대폰으로 향후 몇 시간의 일기예보를 확인했다. 구름 조금, 비는 없음, 바람은 약간, 기온은 영상 4도에서 8도 사이.

그가 확인할 수 있는 일기예보는 당분간 이게 마지막일 것이다. 배가 출항하면 와이파이가 제공되지 않기 때문이다. 적어도 무료 와이파이는 없었다. 26유로를 내고 와이파이를 구매할 수는 있지만, 헤르트는 단지 일기예보 업데이트를 보기 위해 그 돈을 쓰는 건 너무 낭비라고 생각했다.

"굿모닝, 신사 숙녀 여러분!"

인터콤에서 요란한 목소리가 터져 나왔다. 헤르트는 깜짝 놀라 벌떡 일어나는 바람에 침대 위 선반에 머리를 찧었다. 다이어트 콜라 두 캔이 덜그럭 소리를 내며 침대로 굴러떨어졌다.

마이크 뒤에 있을 여성은 지금 시각이 아침 8시 30분이며, 조식 뷔페는 10시까지 운영된다고 알렸다.

헤르트는 잠을 설쳤다. 새벽 2시, 배가 정확히 예정대로 출항하는 걸 확인했을 때까지만 해도 그는 만족스러웠다. 그는 사라져 가는 부두의 불빛을 10분 정도 바라보다가 자리에 누웠다. 하지만 그 이후로 작고 낮지만 은근하게 귀에 울리는 선박 엔진의 웅웅거림 때문에 귀마개를 했는데도 좀처럼 깊이 잠들 수 없었다. 결국 그는 신경을 분산시키기 위해 스도쿠를 풀었고, 새벽 5시쯤, 책을 손에 든 채로 선실 벽에 반쯤 기대어 잠이 들었다.

그는 이마를 문지르고, 안경을 쓰고, 정말로 8시 30분이 맞는지 확인한 뒤 일어섰다.

헤르트는 샤워를 할지 말지 잠시 고민했다. 물은 피부에 좋지 않다. 게다가 오늘은 일요일이었다. 보통 그는 수요일과 토요일에 샤워를 했는데, 어제는 이른 시간에 출발하느라 그마저도 놓쳤다. 하지만 이번 여행을 하는 동안에는 자신의 루틴을 유연하게 바꾸기로 했다. 내일 아침에는 버스 시간 때문에 바쁠 테니, 오늘 아침에 여유가 있을 때 씻는 편이 낫겠다고 판단한 것이다.

그는 비누를 챙겨 샤워 부스로 들어갔다.

"아, 이런… 샤워 타월을 깜빡했네."

결국 그는 샴푸로 머리카락 몇 가닥뿐만 아니라 온몸을 다 닦기로 했다.

"상황이 상황이니, 어쩔 수 없지." 그는 중얼거렸다.

아침 9시, 헤르트는 식당으로 들어섰다. 둘러보니 지정 좌석은 없는 분위기였다. 그가 서 있던 근처의 테이블에 앉은 두 사람이 손을 들어 아는 체를 했다. 버스 세 번째 줄에 앉았던 이들이었지만, 정식으로 인사한 적은 없었다. 헤르트는 잠시 망설였다. 그냥 손만 흔들면 되는 걸까, 아니면 뭔가 말을 더

해야 하나?

그는 손을 들어 인사하며 말했다.

"안녕하세요, 잘 지내시죠?"

남자와 여자는 다정하게 웃으며 대답했다.

"아주 좋아요. 아침 식사도 훌륭하고요."

헤르트는 고개를 두 번 끄덕이고는 조용한 창가 쪽 구석 자리로 걸어가 의자에 외투를 걸었다. 그리고 아침 뷔페를 향해 걸음을 옮겼다. 테이블을 지나며 그는 작게 중얼거리듯 보이는 걸 하나씩 나열했다.

"빵 네 종류, 크래커 두 종류, 삶은 달걀과 달걀프라이, 치즈 세 종류, 햄 네 종류…"

끝까지 둘러본 그는 다시 시작 지점으로 돌아가 접시를 들었다.

"피넛 버터는 없네." 그는 즉석에서 다른 걸 골라야 했다.

"좋은 아침입니다, 푸트만스 씨."

헤르트는 고개를 들었다. 운전사 레오가 우유 한 잔을 들고 그를 지나쳐 갔다. 헤르트는 잠시 머뭇거렸다. 레오의 이름은 알지만, 성은 들어본 적이 없었기 때문이었다. 그에 비하면 레오는 늘 "푸트만스 씨"라고 정중하게 불러서 뭐라 대꾸해야 할지 알 수가 없었다. 그는 결국 이렇게 대답했다.

"좋은 아침입니다, 레오 기사님."

다행히 레오는 그 호칭을 전혀 이상하게 여기지 않는 듯했다. 인사를 하고 헤르트는 다시 뷔페를 돌며 치즈가 올라간 빵 한 조각, 초코 스프링클을 뿌린 빵 한 조각 그리고 방금 결심한 대로 처음 보는 소시지 하나를 접시에 담았다. 여행을 왔으니 평소에 안 먹던 것도 먹어보자는 마음이었다.

그는 접시를 먼저 자리에 가져다 놓고, 우유를 살짝 탄 홍차를 가져와 자리에 앉았다. 먼저 치즈 빵을 먹고, 그다음에는 초코 스프링클을 뿌린 빵을 먹었다. 그리고 마지막으로, 소시지를 조심스럽게 맛보았다. 꽤 맛있었다.

헤르트는 만족스러운 표정으로 발트해를 바라보았다. 지금까지는 모든 게 순조로웠다. 아침도 괜찮았고, 사람들도 그를 내버려두었다. 시계를 보았다. 아침 9시 45분. 출발한 지 28시간이 지났다.

그는 커피를 한 잔 가져와 텅 빈 식당을 둘러보며 사람들은 이런 배 안에서 하루 종일 뭘 하며 지낼까 궁금해했다. 헤르트는 우선 커피를 다 마신 뒤 알아보기로 했다.

1시간 뒤 다시 커피를 받을 때, 그는 약간 실망한 상태였다. 배 전체를 꼼꼼히 둘러봤지만, 인상적인 것은 없었다. 예전에

본 영화 속 크루즈에서는 수영을 하고, 춤도 추고, 도박을 하거나 칵테일을 마셨다. 하지만 이 배에는 수영장도, 댄스홀도, 카지노도 없었다. 그저 조그만 무대와 그 앞에 댄스 플로어가 있는 바 하나가 있었는데, 지금은 텅 비어 있었다. 다만 오늘 저녁 8시와 9시 30분에 밴드 공연이 있다는 안내문이 붙어 있었다. 헤르트는 저녁에 그 공연을 보기로 마음먹었다.

그 외에는 커피 코너 하나와 셔터가 내려져 있어 뭐가 있는지 알 수 없는 곳 하나, 어린이용 볼 풀장 하나뿐이었다. 고급스러운 카지노 대신 어두운 구석방에는 슬롯머신 몇 대가 놓여 있었다. 지나치게 비싼 상점은 애초에 즐길 거리로 치지도 않았다.

사실 사람들은 이런 큰 배에 타고 있어도 별다른 걸 하지 않았다. 앉아 있고, 책을 읽고, 먹고 마시고, 바다를 멍하니 바라보는 것, 그게 다였다.

두 번째 커피를 마신 헤르트는 외투를 입고 스카프를 두르고 배낭을 메고 11층 갑판으로 올라갔다. 햇살은 없고, 찬바람은 매서웠다. 그처럼 잠시 밖으로 나와본 승객은 몇 명 되지 않았다. 그는 배 끝까지 걸어가 배가 물살을 가르며 일으키는 하얀 거품을 바라보았다. 이어서 배의 옆쪽으로 이동해 난간에 몸을 기대어 아래를 내려다보았다. 바로 밑으로 회색빛의 차가운 파도가 빠른 속도로 미끄러지듯 흘러갔다.

옆 난간에는 구명부환이 하나 걸려 있었다. 헤르트는 생각에 잠겼다. 배가 시속 30킬로미터로 달리고 있고, 누군가 바다에 떨어졌다고 가정하자. 그리고 다른 사람이 20초 뒤에 구명부환을 던진다면, 그 사람은 이미…. 그는 눈을 가늘게 뜨고 머릿속으로 계산했다. 그 사람은 166미터나 멀어져 있을 테고, 그 거리에서 부환을 붙잡을 가능성은 거의 없었다. 이 배를 되돌리는 것도 현실적으로는 불가능하다. 그러니까 만약 바다에 떨어지거나 뛰어내리면, 절대로 찾을 수 없을 것이다.

"아, 헤르트! 이런 데서 마주치다니."

헤르트는 깊은 생각에 빠져 있다가 놀라서 고개를 들었다. 미케와 디디가 그에게 걸어오고 있었다. 두 사람 곁에는 그가 아직 인사를 나누지 못한 친구 한 명이 함께 있었다.

"바로 이분이야." 미케가 웃으며 친구에게 말했다.

"이분이 헤르트. 헤르트, 이 친구는 안네미예요. 앞으로 3일에 한 번은 애 옆에도 앉게 될 거예요."

헤르트는 이해하지 못한 듯한 표정으로 셋을 바라보았다.

"우리가 그렇게 결정을 내렸거든요." 미케가 설명했다. "우리 셋이 돌아가면서 당신 옆에 앉기로 했어요."

"돌아가면서 앉기로 했다고요?" 헤르트는 놀라서 되물었다.

"그래요. 왜냐하면 그게 우리한테는 특권처럼 느껴지거든."

디디가 덧붙이며 다정하게 웃어 보였다. 헤르트는 무슨 의도일지 생각해 보았다. 정말 그렇게 생각하는 걸까, 아니면 자신을 놀리는 걸까?

"오해하지 말아줘요, 헤르트." 미케가 말을 이었다. "우리에겐 당신 옆에 앉는 게 일종의 '안식일' 같은 거예요. 우리 셋은 수다 떠는 걸 너무 좋아하잖아요. 그런데 당신은… 음, 말하는 걸 그렇게 좋아하진 않으니까요."

그 말이 잠시 헤르트의 마음속에 머물렀고, 이내 조용히 대답했다.

"나는 조용한 걸 좋아해요. 아니면 음악을 듣거나. 말을 좋아하진 않죠. 적어도… 의미 없는 말은."

여자들은 웃음을 터뜨렸다.

"우린 오히려 그런 의미 없는 말을 너무 좋아해서 문제지." 안네미가 말하며 속삭이듯 덧붙였다. "난 당신 옆에 앉게 될 날이 벌써 기대돼요."

"그래요?" 헤르트가 물었다.

"응, 진심이에요."

헤르트는 침을 삼켰다. 이런 일은 처음이었다.

"좋아, 이젠 정말 지겹구나, 티모 판 데르 라크. 짐 챙기고 이리 나와서 회르트 옆에 앉아."

"하지만 전 아무 짓도 안 했는데요, 쌤."

티모 판 데르 라크가 교실 뒤쪽에서 얄밉게 말했다.

"그래, 넌 늘 아무 짓도 안 하지. 그리고 날 쌤이라고 부르지 마라. 너희는 중2야. 초등학생이 아니라고. 쌤이 아니라 선생님이라고 제대로 불러. 다른 애들 앞에서도 마찬가지고."

티모는 일부러 시끄럽게 짐을 챙겼다. 필통을 떨어뜨리고는 한숨을 쉬며 주워 들고, 느릿느릿 앞으로 걸어 나왔다.

그는 회르트 옆에 도착하자 위에서 내려다보며 불쾌한 표정을 지었다.

"선생님, 틸리 옆에 앉으면 안 돼요?"

회르트는 몸을 잔뜩 움츠렸다.

"저는 혼자 앉고 싶어요, 선생님…." 회르트가 간신히 말했다.

"지금 그럴 여유 없어, 푸트만스. 그리고 너, 판 데르 라크, 내가 하라는 대로 해."

티모는 회르트와 최대한 멀찍이 떨어져 앉았다. 같은 책상을 쓰면서도 의자를 한쪽 끝으로 밀고, 몸까지 틀어 앉았다. 뒤에 앉은 아이들의 킥킥거리는 웃음소리가 들렸다. 회르트는 묵묵히 교과서만 바라보았다.

그는 늘 이런 취급을 받았지만 수학 시간만은 예외였다. 시험이 있을 때면 몇몇 애들이 앞다투어 그의 옆자리를 탐냈다. 옆에서 답안지를 살짝 보기만 해도 점수가 2점은 더 올라갔기 때문이다.

회르트는 1학년 때 이미 배웠다. 커닝을 막는 것보다 순순히 협조하는 게 몸에 덜 해롭다는걸. 한번은 학기 초 시험에서 반에서 가장 못된 불량아인 로비와 앉은 적이 있었다. 로비는 그가 답안지를 가운데로 밀어주지 않았다는 이유로, 체육 시간에 농구를 하던 도중 팔꿈치로 그의 배를 사정없이 가격했다.

"미안, 회르트."

로비가 차가운 눈빛으로 말했다. 회르트는 숨을 들이켰다. 로비는 그의 위로 몸을 숙이고는 낮은 목소리로 속삭였다.

"다음엔 좀 더 협조적으로 굴어, 얼룩 병신아."

―

헤르트는 둥근 창문 너머로 바다를 바라보았다. 저 멀리 유조선 한 척이 미끄러지듯 지나갔다. 가끔 해가 구름 사이로 얼굴을 비췄지만, 사방 어디에도 육지는 보이지 않았다.

시계를 보았다. 저녁 식사까지 2시간이 남아 있었다. 그는 여행사를 통해 예약할 때 조식 두 번과 석식 한 번을 함께 신청해 두었다.

점심은 커피 코너 진열장 안의 여러 가지 샌드위치 중에서 무엇을 고를지 한참을 고민하다가 결국 크루아상 두 개를 들고 객실로 돌아왔다. 빵이 약간 마른 느낌이어서 그는 다이어트 콜라로 그것을 넘겼다. 디저트로는 트윅스를 하나 먹었다. 그 후 그는 음악을 듣고, 스도쿠를 풀고, 창밖을 내다보며 저녁 식사 때까지 시간을 보냈다.

저녁은 뷔페식 레스토랑에서 제공되며, 시간은 6시부터 9시까지였다. 헤르트는 7시 30분에 가기로 마음먹었다. 너무 빠르지도 늦지도 않은, 딱 중간이었다. 그때쯤이면 조용히 식사할 수 있으리라 생각했다. 그 시간이면 빈자리가 넉넉해서 조용히 자리를 고를 수 있을 터였다. 그 뒤로는 아마 사람들도 많이 오지 않을 테고, 누가 굳이 자기 옆에 앉을 가능성도 낮을 거라고도 생각했다.

헤르트는 7시 25분, 객실 문을 닫고 나섰고, 정확히 7시 30분에 식당에 들어섰다. 안을 둘러본 그는 만족스럽게 고개를 끄덕였다. 빈 테이블이 충분히 있었다. 창가 자리는 모두 차 있었지만, 그는 개의치 않았다.

"괜찮아." 그는 혼잣말로 말했다. "오늘 하루 종일 바다를 봤잖아."

헤르트는 테이블 사이를 지나 가장 조용해 보이는 구석 자리로 향했다. 세 개의 테이블에서 버스 동행자들의 얼굴이 보였다.

그는 잠시 고민했다. 인사를 할까, 못 본 척 지나칠까? 그의 어머니라면 분명히 인사하라고 했을 테니, 그게 맞는 일일 것 같았다.

그는 버스 동행자들이 앉은 테이블을 지나며 "맛있게 드세요"라고 세 번 말했다. "고마워요" 하고 뒤쪽에서 여러 목소리가 들려왔다.

그는 빈 테이블 하나에 자리 잡고서 의자 등받이에 외투와 스카프를 걸고 뷔페 쪽으로 향했다. 쟁반과 접시를 들고 잠시 다른 사람들이 어떻게 움직이는지 살펴보았지만 이내 짜증이 밀려왔다. 많은 사람이 아무 방향이나 돌아다니며 전식에서 메인, 디저트로 이어지는 순서를 전혀 지키지 않고 있었다.

헤르트는 먼저 토마토수프 한 그릇을 담았다. 토마토수프는 여간해서는 실패할 일이 없다. 두 번째로 메인 요리를 담으러 갔을 때는 훨씬 더 고민스러웠다. 선택지가 너무 많았기 때문이다. 오늘은 일요일이고, 평소 같았으면 중국 음식을 먹었겠지만, 지금 여기에는 그런 메뉴가 없었다. 헤르트는 천천히 눈길을 돌려 진열된 음식들을 훑어보았다.

"어렵죠, 그죠?"

헤르트는 고개를 돌렸다. 버스에서 봤던 남녀 한 쌍이 그의 뒤에 서 있었다.

"네, 전 원래 고르는 게 어려워요."

"그럼 다 조금씩 담으면 되죠." 여자가 웃으며 말했다. "천천히 하세요. 서두를 거 없잖아요. 어쨌든 우린 지금 휴가 중이니까요, 안 그래요?"

헤르트는 혹시 그녀가 자신을 놀리는 건 아닌가 싶어서 잠시 바라보았다. 하지만 그녀는 그저 다정하게 웃고 있을 뿐이었다. 그래서 그는 그녀가 그냥 착한 사람일 거라고 결론 내렸다.

"고맙습니다."

헤르트는 그렇게 대답하고는 진열된 음식들을 아주 조금씩 접시에 담기 시작했다. 그러다 결국 더 이상 올릴 자리가 없게 되었다. 아직 담지 못한 음식이 네 가지나 더 있었는데 말이다.

"접시가 마치 예술 작품 같네요." 여자가 말했다.

"예술 작품이요?"

"네, 색감도 예쁘고 보기도 좋아요. 먹기 아까울 정도예요."

"그렇군요."

헤르트는 사람들이 무슨 말을 하려는지 잘 모르겠을 때는

"그렇군요"라고 대답하는 게 무난하다는 걸 경험으로 배웠다.

"맛있게 드세요."

"네, 선생님도요."

헤르트는 접시에서 음식이 쏟아지지 않도록 조심조심 걸어 자신의 테이블로 돌아갔다. 자리에 앉고서 웨이터에게 다이어트 콜라를 주문했다. 뷔페 가격에는 음료가 포함되어 있지 않았다.

이렇게 다양하고도 낯선 음식들을 한자리에서 먹어본 것은 난생처음이었다. "꽤 맛있네." 그는 몇 번이고 만족스레 중얼거렸다. 그 여자의 조언을 따른 것이 스스로 꽤 뿌듯했다.

하지만 음식이 4분의 1쯤 남았을 때, 헤르트는 인정할 수밖에 없었다. 이제 접시는 더 이상 보기 좋지 않았다. 남은 음식들이 섞여 난잡한 모양이 되어 있었다. 그는 마지막 몇 입을 콜라로 털어 넘긴 뒤, 접시를 밀어놓았다. 아직 손대지 않은 네 가지 음식은 그냥 넘겼다. 배가 거의 찬 데다 디저트 코너에 다채로운 후식이 그를 기다리고 있었기 때문이다.

시계를 확인했다. 뷔페가 문을 닫기까지는 아직 40분이 남아 있었다. 잠시 쉬었다가, 8시 45분쯤에 소량의 디저트를 가져와 먹고, 이어서 9시 30분에 공연이 열리는 바에 가기로 했다.

"시간 딱 맞춰 나왔네."

헤르트는 무대에 밴드 멤버들이 등장하는 걸 보며 말했다. 시간은 9시 28분. 밴드 멤버는 드러머, 기타리스트, 키보디스트 그리고 여성 보컬 한 명이었다. 그는 무대에서 가깝고 바로 앞의 댄스 플로어에 인접한 테이블을 골라 앉았다.

여가수는 관객들에게 행복한지 물으며 공연을 시작했다. 소수의 관객 사이에서는 특별한 반응이 없었다. 다행히도 그녀는 그걸 개의치 않는 눈치였다. 밴드는 〈호텔 캘리포니아〉로 공연을 시작했다. 그에게는 음량이 조금 커서 귀마개를 착용했더니 딱 좋았다. 그는 작게 가사를 따라 불렀다. 노래가 끝나자, 작은 박수 소리가 들렸다. 대부분 헤르트가 친 것이었다.

이어서 밴드는 열정적으로 유명한 히트곡들을 연달아 연주했다. 관객도 점점 늘어나 두 쌍의 노부부가 조심스레 댄스 플로어로 나와 마치 왈츠 같은 춤을 추기 시작했다.

헤르트도 몸을 들썩였다. 아바의 〈댄싱 퀸〉이었다. 그는 일어나 뻣뻣한 몸을 리듬에 맞춰 흔들며 노래를 따라 불렀다.

그 순간, 바로 뒤에서 터진 웃음소리에 헤르트는 깜짝 놀라 뒤를 돌아보았다. 2미터쯤 떨어진 곳에 암스테르담 팀의 뚱뚱한 남자 디르크가 과장되게 그의 몸짓을 따라 하며 흉내 내고 있었다. 그의 일행 셋은 배를 잡고 웃었고, 로드니는 헤르트를 향해 양손 엄지를 치켜세웠다. 헤르트는 잠시 굳은 표정으로 자신의 흉내를 내는 디르크를 응시했다. 그러고는 자리로 돌아와 앉았다.

트레이스가 다가와 뭔가 마실 것이라도 가져다줄까 물었지만 헤르트는 고개를 저으며 사양했다. 그는 굳은 얼굴로 무대만 바라보았고, 노래 하나가 끝날 때마다 형식적으로 박수만 보냈다.

밴드의 공연이 끝난 뒤에도 헤르트는 몇 분간 자리에 그대로 앉아 있었다. 그리고 천천히 뒤를 돌아보았다. 암스테르담 일행은 이미 사라지고 없었다. 디스코장도 텅 비어 있었다. 그는 자리에서 일어나 외투를 입고 11층 야외 갑판으로 향했다.

바람이 거세게 불고 있어서 그는 간신히 문을 밀어 열었다. 아무도 없었다. 헤르트는 차가운 바닷바람을 깊이 들이마신 뒤, 난간까지 걸어가 아래의 거센 파도를 한참 동안 말없이 내려다보았다.

그러다 문득, 그는 미소를 지었다. 그리고 자신의 객실로 향했다.

다음 날 아침, 헤르트는 휴대폰 알람이 울리기 전에 이미 깨어 있었다.

7시 15분. "45분 뒤면 일어나야 해…" 마음이 무거웠다. 하루 종일 사람들 사이에 있어야 한다고 생각하니 너무 답답해서 또다시 잠을 설쳤다. 꽉 찬 버스를 떠올리자 숨이 턱 막힐 것 같았다.

"오늘 밤에 호텔에만 무사히 도착하면 돼." 헤르트가 혼잣말을 했다.

8시가 되자마자 헤르트는 자리에서 일어나 세수를 하고, 이를 꼼꼼히 닦고, 머리를 빗었다. 그리고 작은 배낭을 다시 챙겼다.

객실 문을 열기 전에 그는 어머니에게 배운 대로 코로 숨을 깊게 세 번 들이마시고, 입으로 천천히 내쉬었다. 긴장을 풀기 위한 작은 의식이었다.

헤르트는 아침 뷔페에서 창가 쪽의 조용한 자리를 골랐다. 새로운 음식을 먹는 실험을 하고 싶은 기분이 아니어서 평소처럼 버터 바른 식빵 두 장과 차 한 잔으로 간단하게 식사를 마쳤다.

헤드폰을 낄까 고민했지만, 그러면 하선 안내 방송을 놓칠 것 같았다. 밖에는 햇살이 내리쬐었고, 헬싱키 항구의 부두가 짙푸른 하늘 아래 미끄러지듯 지나가고 있었다. 헤르트는 휴대폰으로 트라베뮌데에서 헬싱키까지의 항로 거리를 검색했다. 590해리. 그는 이를 킬로미터로 환산했다. 1,092킬로미터. 이를 32시간으로 나누면 평균 속도는 시속 34.1킬로미터였다. 그는 이 수치를 노트에 적어두었다.

생각보다 배가 더 빨리 움직였던 셈이다. 헤르트는 문득 전날 계산했던, 사람이 바다에 떨어지고 20초 후에 던져진 구명부환까지의 거리 역시 틀렸다는 걸 깨달았다. 분명 훨씬 멀리 떨어져 있을 것이다. 오늘 저녁 호텔방에서 다시 계산해 보기로 마음먹었다.

그때 문득 와이파이가 연결됐을지도 모른다는 생각이 들어 휴대폰을 확인했다. 다행히도 와이파이가 연결되어 있었다. 즉시 날씨 앱을 열어 날씨를 확인했다. 예보에 따르면 오늘은 구름이 조금 있지만 비나 눈은 없고, 바람은 약간 불 것이라고 되어 있었다.

헤르트는 시계를 보았다. 9시 10분. 커피 한 잔 마실 시간이 있을까? 판단이 쉽지 않았다. 언제 버스 하선 안내가 나올지 정확히 알 수 없었기 때문이다.

하지만 기다리면 기다릴수록 커피를 마실 시간이 줄어드는 건 분명했다. 그는 주위를 둘러보다가 깜짝 놀랐다. 승무원 둘을 제외하고 식당에 자신만 남아 있었던 것이다.

'다들 어디 간 거지?' 그는 마음속으로 되뇌었다. '혹시 내가 뭔가 놓친 건가?'

당황한 그는 서둘러 짐을 챙기고, 가능한 한 빨리 중앙 홀로 향했다. 다행히도 그곳에는 짐 가방과 작은 캐리어를 들고 앉거나 서 있는 사람들이 가득했다. 그는 안도했다. 조금 떨어진 계단 옆에는 샤프 자매가 나란히 앉아 있었고, 각자 옆에 캐리어를 세워놓아 통로를 거의 막고 있었다. 이번에는 아무 말도 하지 않기로 했다. 그는 혼잡한 곳에서 조금 떨어진 자리로 가서 조용히 기다렸다.

15분쯤 지나자, 스피커에서 모든 버스 승객은 버스로 이동해 달라는 방송이 흘러나왔다.

자동차 갑판으로 내려가는 좁은 계단과 엘리베이터 앞은 사람들로 붐볐지만, 모두 무사히 제시간에 자신의 새로운 자리에 앉을 수 있었다.

헤르트는 이번에는 왼쪽 맨 뒤 창가 자리에 앉았다. 그의 옆 자리에 앉은 사람은 디디였다.

"오늘은 내가 옆자리예요, 헤르트." 디디가 말했다. "창가에 앉고 싶어요, 아니면 복도 쪽? 난 상관없어요."

헤르트는 디디를 잠시 바라보았다. 그녀는 미케보다 덜 통통했다. 헤르트는 창가에 앉아도 디디가 팔이나 다리가 닿지는 않을 것 같다고 판단해서 창가 자리를 선택했다.

디디는 괜찮은 사람처럼 보였다. 트라베뮌데에서 저녁을 함께했을 때도 친절했고, 암스테르담 사람들을 그다지 좋아하지 않는다는 점에서도 자신과 비슷하다는 느낌을 받았다.

샤프 자매는 이번에는 그의 뒤가 아닌 바로 앞줄에 앉아 있었고, 오른쪽 복도 건너편에는 올라프와 이름을 모르는 여성이 나란히 앉아 있었다. 그 앞줄에는 머리칼이 얇고 주황빛을 띤 여자가 있었는데, 그녀 옆에는 파란색 트레이닝복을 입은 남자가 반쯤 보였다.

버스는 천천히 배에서 내려 육지로 나아갔다. 헤르트는 시계를 봤다. 오전 10시 10분. 10분 늦은 출발이었다.

"오늘은 총 615킬로미터를 달려야 해요. 이번 여행에서 가장 긴 구간입니다." 헤르트가 말했다.

"그렇게 멀어요?" 디디가 놀라며 말했다.

"진짜 장거리네요. 말 그대로 하루 종일·앉아 있겠네요."

그녀는 웃으며 헤르트를 바라보았다.

"그리고 오늘은 내가 당신 옆에 앉게 된 행운의 사람이에요."

헤르트는 잠시 생각한 뒤, "그렇습니다"라고 대답했다.

"그런데 우리가 오늘 밤 어디서 자는지 아나요…. 아, 미안해요. 전 아무것도 몰라요." 디디가 멋쩍게 말했다.

"오울루에서요."

"오울루? 이름이 귀엽네요."

"오울루는 보트니아만에 접한 도시로, 대학이 있는 곳입니다. 중심가는 차량 통행이 금지되어 있고, 상점, 레스토랑, 아기자기한 바가 많은 활기찬 도시예요."

"와, 헤르트, 대단해요! 그런 걸 다 알고 있다니."

"여행 안내서에 다 나와 있어요."

"기대되네요. 오울루가 어떤 곳일지 정말 궁금해요."

"기대하지 않는 게 좋을 거예요." 헤르트는 단호히 말했다.

"지금까지의 평균 속도로 계산했을 때 중간에 네 번 정차한다고 가정하면, 호텔에 도착하는 시간은 아무리 빨라도 저녁 7시예요. 그땐 이미 깜깜하겠죠. 저녁도 호텔에서 먹게 될 테니 레스토랑이 얼마나 있든 의미가 없고 식사 후엔 상점도

다 문을 닫을 거예요. 남는 건 술집인데, 그마저도 열려 있을지 모르죠."

"아…." 디디는 실망한 듯했다. "그럼 볼 것도 없겠네요?"

★

헬싱키를 벗어나자 풍경이 서서히 달라지기 시작했다. 첫 1시간 동안은 초록빛 목초지와 검은색 경작지를 지나쳤지만, 북쪽으로 갈수록 주변은 끝없는 숲으로 바뀌었고, 서리가 내려앉아 눈이 쌓인 풍경은 점점 더 하얗게 변해갔다. 자작나무, 침엽수, 키 작은 덤불들이 끝없이 스쳐 지나가면서 그렇게 몇 시간이 흘렀다. 시야는 대부분 30미터도 채 되지 않았고, 가끔 드문드문 작은 호수가 보이기도 했다.

"핀란드엔 호수가 18만 7,888개나 있어요. 그런데도 거의 보이지 않죠."

헤르트는 디디에게 말한다기보다 자기 자신에게 말하는 것처럼 중얼거렸다.

"헤르트, 그걸 직접 다 세어본 거예요?" 디디가 웃으며 물었다.

"아니요, 위키피디아에 나와 있어요."

지루하게 반복되는 풍경에도 승객들 대부분은 버스 창문 너머로 셔터를 눌러댔다. 디디도 마찬가지였다. 때때로 그녀는 사진을 찍기 위해 헤르트 쪽으로 몸을 기울였는데, 그럴 때마다 그는 일부러 헛기침을 했다. 그러면 디디는 "미안해요, 헤르트. 근데 이건 꼭 찍고 싶었어요"라며 사과하곤 했다.

출발한 지 3시간이 조금 넘게 지났다. 버스는 중간에 화장실에 한 번 정차한 것 외에는 쭉 달렸는데 운전사 레오가 곧 핀란드 중부의 도시 쿠오피오에서 점심 휴식을 할 거라고 알렸다. 그는 승객들에게 딱 1시간을 주겠다고 했다. 더 오래 머물면 저녁 식사 시간에 늦는다는 이유였다.

샤프 자매는 또다시 버스에 남아도 되느냐고 물었지만, 이번에는 레오가 단호하게 밖으로 나가야 한다고 했다.

"왜요? 아무에게도 방해 안 되잖아요."

안티여가 협상을 시도했지만, 레오는 물러서지 않았다.

"정말 그러고 싶지만, 운전 시간 때문에 저도 의무적으로 휴식을 취해야 합니다. 규정상 운전기사의 휴식 중에는 승객이 버스 안에 머무를 수 없어요. 대신 보조기는 내려드릴게요."

샤프 자매는 투덜거리며, 무거운 몸을 겨우 움직여 계단을 거꾸로 내려왔다. 그러고는 인도 한복판에 멍하니 서 있었다.

헤르트는 샤프 자매 다음으로 하차했다. 그가 버스에서 내릴 때, 누군가 "저기요, 저기요, 아저씨!"라고 부르는 소리가 들렸다. 샤프 자매가 자신을 부르는 것 같았지만, 헤르트는 목을 잔뜩 움츠리고 고개를 숙인 채 재빨리 자리를 떴다.

일행 전체를 따돌리는 데 약간의 노력이 필요하긴 했지만, 결국 몇 분 뒤 헤르트는 혼자 쿠오피오 중심 광장을 걷고 있었다. 이미 오후 1시 30분이었고, 배가 고팠다. 주위를 둘러보며 붐비지 않는 식당이나 카페를 찾으려 했지만 쉽지 않았다. 어디든 사람이 많았다.

그때 한 중국 음식점이 눈에 들어왔다. 헤르트는 카운터 뒤편에 몇 사람만 서 있는 것을 보고 들어가 보기로 했다. 안으로 들어선 그는 잠시 주변을 살피며 망설였다. 인테리어가 낡았고, 위생 상태도 그다지 깨끗해 보이지 않았다.

그를 붙잡은 건 중국인 여성의 친절한 미소였다.

"무엇이 필요하신가요?"

"여기서 식사하고 싶어요."

여자가 웃으며 고개를 끄덕이더니 그에게 12유로를 내라고 했다. 돈을 내자 그녀는 지하로 내려가는 계단을 가리켰다. 헤르트는 무슨 상황인지 이해하지 못한 채 어리둥절하게 서 있었다. 여자는 다시 계단을 가리키며 뭔가 말을 했지만, 헤르트는 무슨 말인지 알아들을 수 없었다.

헤르트는 모험을 한다 생각하고 계단을 내려가 작은 지하 공간에 도착했다. 테이블과 의자가 놓여 있었고, 한쪽 벽을 따라 금속 보온통이 늘어서 있었는데, 안에는 다양한 중국 요리가 담겨 있었다.

이미 몇 명이 식사를 하고 있었다. 그의 뒤로 또 네 사람이 계단을 내려왔다. 그제야 헤르트는 안심하고 조용한 테이블 하나를 골라 외투와 스카프를 걸쳐두고 앉았다. 그리고 잠시 주변을 살피며 어떤 방식으로 이용해야 할지 관찰했다.

"뷔페 방식이군." 헤르트는 사람들이 접시에 음식을 담는 모습을 보고 중얼거렸다. 차와 탄산음료도 셀프로 가져다 마시는 시스템이었다.

헤르트는 자리에서 일어나 일요일 저녁마다 먹던 중국 요리 중 익숙한 것들로 접시를 채운 뒤, 조심스럽게 앉아 맛을 보았다.

"괜찮네." 제법 만족스러웠다.

그의 옆자리에는 몸집이 큰 중국 남자가 앉아 있었는데, 그는 접시에 음식을 산더미처럼 쌓아 와서는 깊게 몸을 굽히고 쩝쩝, 후루룩 시끄럽게 먹어댔다.

'굳이 저렇게 소리를 내야 하나.' 헤르트는 짜증이 나서 본능

적으로 귀마개를 꺼내려 했지만 버스에 두고 왔다는 것을 깨달았다. 슬쩍 옆을 바라봤다. 다행히도 그 남자는 굉장히 빠르게 먹어서 접시가 거의 비워져 가고 있었다.

"그 정도는 참을 수 있어."

그는 중얼거리며 조용히 요리를 한 숟가락씩 떴다. 가끔 옆을 힐끗거리며 상황을 살폈다. 남자는 접시를 비우자마자 크게 트림하고는 자리에서 일어났지만, 이내 면, 소스, 새우를 산더미처럼 쌓아 온 접시를 들고 돌아와 다시 자리에 앉았다.

헤르트는 서둘러 주위를 둘러보며 다른 자리를 찾았다. 조금 떨어진 곳에 빈 테이블이 몇 개 보였다. 그는 반쯤 남은 접시와 외투, 스카프를 들고 남자에게서 최대한 멀리 떨어진 테이블로 자리를 옮겼다.

그럼에도 그 역겨운 소리가 여전히 또렷하게 들려왔다. 애써 무시하려 했지만, 도무지 그 소리가 귀를 떠나질 않았다.

"왜 귀마개도 헤드폰도 버스에 놔두고 온 거야…." 헤르트는 스스로에게 화가 났다.

그는 더는 참을 수가 없어서 자리에서 일어나 쩝쩝거리는 남자의 테이블로 걸어갔다.

"조용히 좀 드실 수 없나요?"

남자는 고개를 약간 들어 헤르트를 힐끗 바라보더니 아무

일 없다는 듯 계속 식사를 했다. 헤르트는 다시 한번 같은 말을 반복했지만, 이번에는 아예 무시당했다.

그는 어깨를 축 늘어뜨린 채 돌아와 자리에 앉았다. 더 이상 한입도 넘어가지 않았다. 분노와 답답함이 목까지 차오르는 것이 느껴졌다. 그의 귀에는 더 이상 아무 소리도 들리지 않았고, 오직 혐오스러운 쩝쩝 소리만이 크게 울렸다.

헤르트는 고개를 몇 번 거칠게 흔들고 손가락으로 귀를 틀어막아 보기도 했지만 소용이 없었다. 결국 그는 자리에서 벌떡 일어나 외투와 스카프를 집어 들고, 그대로 출구를 향해 걸음을 옮겼다. 그러다 그 쩝쩝거리던 남자의 테이블을 지나치며, 한 치의 망설임도 없이 반쯤 남은 면 요리 그릇을 집어 들어 그의 무릎 위로 쏟아부었다. 움직임은 깔끔하고 매끄러웠다. 마치 이 순간을 오래 연습해 온 사람처럼.

남자는 입을 벌린 채 자신의 거대한 배를 내려다보았다. 면 요리와 소스가 불룩한 배를 타고 천천히 흘러내리는 것을 멍하니 바라보던 그는 그제야 무슨 일이 벌어졌는지 깨닫고 고개를 홱 돌려 계단 쪽을 바라보았다. 하지만 헤르트는 이미 시야에서 사라지고 없었다. 그는 헤르트의 다리를 보며 중국어로 고함을 내질렀다.

카운터에 앉아 있던 여성이 놀란 얼굴로 헤르트를 향해 무언가를 외쳤지만, 그는 이미 문을 나서 거리로 빠져나가고 있었다. 헤르트는 단 한 번도 뒤돌아보지 않고 빠른 걸음으로 식당에서 멀어져 갔다.

50미터쯤 걷고서야 헤르트는 걸음을 늦추고 조심스럽게 뒤를 돌아봤다. 아무도 없었다. 긴장이 풀리자 그는 스카프를 목에 두르고 외투를 껴입었다. 바깥 공기는 매섭게 추웠다. 그는 외투 주머니 속을 더듬어 장갑을 찾았지만, 한 짝밖에 나오지 않았다.

식당으로 돌아가는 건 무모하다는 판단이 들었다. 그는 장갑 한 짝만 낀 채, 다른 손은 주머니 깊숙이 찔러 넣고 천천히 버스를 향해 걸었다. 식당에서 겨우 몇 입 밖에 먹지 못해 가는 길에 작은 마트에 들러 감자칩 한 봉지와 트윅스 두 개를 샀다. 버스로 돌아온 헤르트는 자리를 찾아가다 샤프 자매 앞을 지나쳤다. 그는 시선을 피했다.

"뭔가 잃어버린 거 없으세요, 선생님?"

헤르트는 작게 중얼거렸다.

"아뇨…."

"이건요?"

안티여가 손에 장갑을 들고는 승리한 듯 흔들어 보였다.

"어… 어… 그러네요."

"아까 버스에서 내릴 때, 장갑이 주머니에서 떨어졌었거든요. 근데 못 들으셨나 봐요." 안티여가 말했다가 잠시 멈췄다. "아니면… 들으셨어요?"

헤르트는 잠깐 말문이 막혔다.

"맞아요."

"들으셨다고요?"

"맞습니다."

두 자매는 헤르트를 보고, 다시 서로를 보고, 또다시 헤르트를 바라보았다. 아무래도 이해가 되지 않는 눈치였다. 그는 그들이 한동안 작게 수군대는 소리를 들을 수 있었다.

10분쯤 뒤 버스가 다시 출발했을 때, 헤르트는 이미 헤드폰을 쓰고, 감자칩과 트윅스 하나를 먹고, 다이어트 콜라까지 마신 상태였다. 머릿속도 서서히 다시 고요해지고 있었다.

버스는 한참 전부터 끝없이 이어지는 숲길을 따라 곧게 뻗은 도로를 2시간이 넘게 달리고 있었다. 시간이 지날수록 버스 안은 조용해졌다. 여기저기서 고개를 끄덕이며 졸기 시작했고, 헤르트도 잠깐 잠이 들었다.

"잠깐 사진을 찍을 수 있도록 정차하겠습니다."

레오의 목소리가 마이크를 타고 버스 안에 울려 퍼졌다. 마이크 소리가 너무 커서 사람들이 깜짝 놀라며 잠에서 깼다.

버스는 어느 전망대에 멈췄고, 대부분의 승객은 사진을 찍으러 나갔다. 몇몇은 따뜻한 버스 안에 남아 배우자가 대신 사진을 찍어오도록 했고, 몇몇은 버스 안에서 사진 찍는 것으로도 충분하다고 여겼다.

헤르트는 버스에서 내리기는 했지만, 사진은 찍지 않았다.

'누가 이걸 본다고?'

헤르트는 사진을 찍는 무리와 거리를 두기 위해 한참을 걸어 나갔다. 그래야만 조용히 풍경을 감상할 수 있을 것 같았다.

그 앞에는 얼음 빛으로 빛나는 호수가 펼쳐져 있었다. 앞쪽에는 어두운 소나무 몇 그루가 서 있고, 호수 한가운데에 조그만 섬들이 떠 있었으며, 배경에는 눈 덮인 언덕이 드리워져 있었다. 모든 것이 낮게 떠 있는 햇살 아래 은은하게 빛나고 있었다.

"밥 로스보다 더 잘 그릴 순 없겠네." 그가 중얼거렸다.

헤르트는 밥 로스의 열렬한 팬이었다. 온라인 강의를 두 번이나 수강했고, 그의 그림들도 밥의 작품에서 영감을 받아 그린 것들이었다.

어쩌면 신도 세상을 창조할 때 밥 로스에게 영감을 받았던 걸지도 모르지. 헤르트는 자신에게 어울리지 않는 엉뚱한 생각을 하고 스스로 놀랐다.

뒤를 돌아보았다. 사람들이 하나둘 다시 버스로 돌아가고 있었다. 그도 서둘러 그들을 따라 걸음을 옮겼다.

★

헤르트의 예상은 정확했다. 저녁 7시 5분, 버스는 호텔 주차장에 들어섰다. 이미 어둠이 내려앉은 터라 여행 설명서에서 언급됐던 활기찬 보행자 거리며 가게, 레스토랑, 아늑한 술집들로 가득하다는 대학 도시의 모습은 어디에서도 찾아볼 수 없었다.

호텔에 거의 도착할 무렵, 레오는 체크인 절차를 설명했다. 모두 버스 안에 그대로 있으면 그가 단체 체크인을 마친 후 각자에게 객실 열쇠나 카드키를 나눠주겠다는 것이었다. 레오가 버스에서 내리고, 승객들은 하나둘 깨어나고 있었다.

헤르트는 오랫동안 헤드폰을 벗지 않았다. 디디가 몇 번이나 어깨를 툭툭 두드리며 대화를 시도했지만, 헤르트는 헤드폰을 벗지 않았다. 스스로 생각하기에도 무례한 행동이라는 건 알았지만, 오늘 하루 동안 그는 너무 많은 자극을 받았고,

하루는 아직 끝나지 않은 상황이었다.

호텔 정문 앞에서 그는 조심스럽게 헤드폰을 가방에 넣었다. 그러고는 디디를 쳐다보지도 않은 채 입을 열었다.

"다음에 또 옆자리에 앉게 되면, 그러니까 사흘 뒤에, 그때는 더 많이 이야기해 봐요. 오늘은 좀 힘들었습니다. 괜찮을까요?"

디디는 잠시 뭐라 대답해야 할지 몰라 당황해했다.

"어… 굳이 그러지 않아도 돼요, 헤르트. 꼭 말할 필요는 없어요. 저도 그냥 책 읽고 그런 거 좋아하니까."

"아니요, 다음에는 꼭 얘기도 나누죠."

디디는 고개를 끄덕였다. "그래요."

그때 레오가 다시 버스에 올라탔다. 저녁 8시에 식사하러 오라는 안내와 함께, 객실 카드키를 이름별로 나눠주었다. 헤르트는 마지막 차례였다.

"푸트만스 씨, 여기요."

헤르트는 작은 엘리베이터 앞에 선 줄을 피해서 이층까지 계단으로 올라갔다. 깊게 한숨을 내쉰 뒤 객실 문을 닫고 안을 둘러보았다.

"좋은 방이네."

그는 침대, 욕실, 옷장, 텔레비전을 점검한 뒤, 여행용 가방을 풀고 모든 물건을 제자리에 가지런히 정리했다. 그리고 호텔 와이파이에 접속해 일기예보를 확인했다. 다음 사흘간은 비교적 평온한 날씨가 이어질 예정이었다. 구름이 끼거나 간간이 갤 것이며, 바람은 보통 수준이고 기온은 영하 약간 밑을 맴돌 거라는 예보였다. 금요일부터는 날씨가 바뀌어 눈과 함께 강추위가 예상되었다.

"수요일 밤이 가장 중요해." 헤르트가 혼잣말을 했다. "그날 트롬쇠에 도착하고 오로라 투어가 있잖아. 그때 흐리면, 이 여행은 전부 헛수고야."

헤르트는 갑자기 긴장이 됐다.

시계를 봤다. 8시 5분 전. 식당으로 가야 했다. 헤르트는 사람들과 어울리고 싶은 마음이 전혀 없었고, 가능하다면 저녁 식사를 건너뛰고 싶었다. 하지만 오늘 아침 8시 30분 이후로 겨우 몇 입의 볶음 요리, 감자칩 한 봉지 그리고 트윅스 하나를 먹은 게 전부라서 배가 고팠다.

식당에 들어서서 헤르트는 주위를 둘러보았다. 식당에는 여행단을 위한 테이블만 차려져 있고, 나머지 공간은 텅 비어 있었다. 심지어 나머지 공간은 불도 꺼져 있었다. 따로 조용히 먹으려던 그의 계획은 실현될 수 없었다.

손을 흔드는 디디, 안네미, 미케가 보였다. 미케 옆자리가 유일하게 비어 있는 자리였다. 그는 그 자리에 앉았다.

"내일은 내가 당신 옆자리예요, 헤르트." 안네미가 웃으며 말했다.

"그렇군요."

레오가 방송을 시작했다. "오늘은 식사 시간이 너무 늦어져서 뷔페는 없습니다. 유감스럽게도 메뉴는 하나뿐이고…. 또다시 감자 퓌레와 브로콜리 그리고 슈니첼입니다."

여기저기서 실망 섞인 탄식이 흘러나왔다.

레오는 내일 묵게 될 호텔에 전화를 걸어 브로콜리와 슈니첼이 세 번째로 나오지 않게 하겠다고 약속했다. 그러고는 약간 기쁜 소식을 덧붙였다. 오늘 식사에는 각자 한 잔씩 음료가 포함되어 있다는 것이다. 레오는 우유 한 잔을 골라 든 뒤, 조금 떨어진 자리에 마련된 자기만의 테이블로 가서 앉았다. 그 모습을 헤르트는 질투 어린 눈빛으로 바라보았다.

헤르트는 아침 식사를 거르고 싶었다. 하지만 대체할 만한 건 트윅스 초콜릿바 하나뿐, 그것도 비상시에 먹으려고 남겨 둔 것이었다. 결국 출발 15분 전에 그는 아침 뷔페로 향했다. 빵 두 조각과 아침용 케이크 비슷한 무언가를 접시에 올렸다.

예상대로였다. 식당에는 그 외에 거의 아무도 없었다. 여행객 대부분은 이미 방으로 돌아가 짐을 챙기고 있을 것이다. 유일한 예외는 샤프 자매였다. 그들은 이미 짐을 모두 끌고 식당에 들어왔고, 한 발짝이라도 덜 걷기 위해 준비를 끝낸 상태였다.

헤르트는 샤프 자매 가까이에 앉고 싶지 않았지만, 그렇다고 아주 멀찍이 떨어져 앉는 건 무례하다고 생각했다. 그래서 그는 중간 지점을 택했다. 그녀들과 사이에 빈 테이블 두 개를 두고 앉은 것이다.

그는 지나가며 인사를 건넸다. "좋은 아침입니다."

하지만 노르와 안티여는 경멸의 눈빛을 숨기려 하지도 않고, 그를 쳐다보며 무언가 퉁명스럽게 중얼거렸다.

헤르트는 그녀들이 혹시 자신에게 화가 나 있는 건지, 그렇다면 그 이유가 뭘지 궁금해졌다. 아마 버스에서 물어볼 수도 있을 거라고 생각했다.

자매는 낮은 목소리로 이야기를 나누고 있었지만, 조용한 식당 안에서는 소리가 충분히 들릴 만한 거리라는 사실을 깨닫지 못한 듯했다.

노르가 자기 목을 가리켰다.

"피부가 엄청 건조해. 여기."

안티여는 가까이서 그 부위를 살펴보았다.

"완전히 빨갛네. 뭔가 발진 같아."

"아래쪽에도 있어. 여기."

헤르트는 얼른 고개를 돌렸지만, 안티여의 시선이 향한 부위가 어딘지 상상하지 않을 수 없었다. 그는 소름이 돋았다.

"걷기 불편하지 않아?"

"불편하지, 많이. 그래서 최대한 안 걷잖아. 두 번째 코로나 백신을 맞고 나서부터 그래."

"정말? 그럼 세 번째 접종은 안 할 거야?"

"안 할 거야. 발진까지 생기는데."

헤르트는 그녀들 쪽으로 몸을 돌렸다.

"두 가지 일이 순서대로 일어났다고 해서 꼭 인과관계가 있는 건 아닙니다."

노르와 안티여는 이번에도 입을 딱 벌린 채 헤르트를 바라보았다. 그는 다시 몸을 돌려 앉고 치즈 샌드위치를 한입 베어 물었다.

★

버스 안에서 헤르트는 자신의 수첩에 이렇게 적었다.

헬싱키 – 오울루: 615km, 9시간 25분
평균 속도: 시속 65.3km.

휴대폰을 꺼내 뭔가를 검색한 헤르트는 고개를 끄덕였다.

"적어도 이건 맞네."

그날 그의 옆자리에 앉은 안네미가 이 모습을 바라보며 물었다.

"뭐가 맞다는 거예요?"

"일정표에 따르면 400킬로미터를 이동해요. 구글에 따르면 오울루에서 로바니에미까지가 226킬로미터고, 로바니에미에서 레비까지가 174킬로미터, 합치면 정확히 400킬로미터죠.”

“숫자를 좋아하시나 봐요” 하고 안네미가 말했다.

헤르트는 고개를 끄덕였다.

“저는 숫자에 정말 약해요.” 그녀는 말을 이었다. “저는 좀… 뭐랄까… 정확하지 않은 것들에 더 끌려요.”

“어떤 종류의 것들인데요?”

“저는 좀 더… 영적인 사람이에요.”

“그렇군요.” 헤르트가 잠깐 망설인 뒤에 대답했다.

“무슨 뜻이에요?” 안네미가 물었다.

“그냥, 말 그대로예요.”

“당신은, 예를 들어 하나님을 믿나요?”

헤르트는 갑자기 숨이 막히는 듯한 느낌을 받았다. 자리에 앉은 지 몇 분밖에 안 됐는데, 벌써 이런 이야기를 하다니. 헤르트는 잠시 생각에 잠겼다.

“일부 연구자들에 따르면, 옛날과 지금을 통틀어 최소 5,000개의 신이 있다고 합니다. 모든 독실한 신자는 자기 신이 유일하거나 최소한 최고라고 믿습니다. 그런데 수학적으로 말이 안 됩니다. 가장 그럴듯한 설명은, 인간이 그 모든 신을 스스로 만들어냈다는 것입니다. 뭔가 믿을 수 있는 대상이 있으면 마음이 편하니까."

안네미는 그런 대답은 예상하지 못한 듯했다. 그녀는 침묵했고, 얼굴이 어두워졌다. 헤르트는 자신이 무례하게 굴었던 건 아닌지 궁금해졌고, 대화를 이어가기 위해 무슨 질문을 하면 좋을지 생각했다.

"당신의 신은 누구입니까?"

"헤르트, 그냥 편하게 말해도 돼요."

"당신의 신은 누구인가요?"

안네미는 조금 편안해진 듯 보였다.

"예수 그리스도."

"그리고 그분의 아버지와 성령도요?"

"네, 그분들도. 그 셋은 함께예요. 거룩한 삼위일체."

"삼위일체 같은 건 회계적으로는 아무 소용이 없어요. 하나이거나 셋이거나 둘 중 하나여야지."

"믿음은 회계가 아니에요."

"바로 그게 문제입니다" 하고 헤르트는 말했다.

잠시 침묵이 흘렀고, 헤르트는 이제 헤드폰을 꺼내 써도 될지 고민했다. 아직은 아닌 것 같았다. 그는 안네미를 기쁘게 할 만한 새로운 질문을 궁리했다.

"신이 어머니일 수도 있다고 믿나요? 아니면 신의 아버지가 있을 수도 있다고 생각하나요?"

안네미는 잠시 대답하지 못했다.

"사실 나도 다 이해하진 못해요." 그녀가 마침내 입을 열었다.

"아니, 사실은 전혀 모르겠어요. 신이 어린 양이랑 판다, 공작, 벌새 같은 걸 창조하고 나서 '뭔가 아직 부족한데?'라고 생각했을까요? '좀 더 만들어볼까? 피를 빠는 거머리랑 조충, 보아뱀, 기생충 같은 것도?'라고 생각했을까요? 그런 건 정말 이해가 안 돼요."

헤르트는 머뭇거리며 대답했다.

"그렇지요." 그리고 잠시 침묵한 뒤 그는 물었다.

"이제 책 좀 읽어도 괜찮을까요?"

"그럼요, 맘대로 해요."

길가를 따라 늘어서 있던 나무들은 점점 작아져 이제는 아기 자작나무와 낮은 관목들만 보였다. 눈이 얇게 덮여 있었다. 하늘은 잿빛이었고, 땅과 식생은 하얗게 덮여 있었다. 갈색을 제외하면, 모든 색이 풍경에서 사라진 듯했다. '이게 바로 툰드라인가' 하고 헤르트는 생각했다.

정차 시간을 포함해 4시간가량을 달렸을 무렵 레오가 안내 방송을 했다. 곧 로바니에미에 도착할 예정이며, 그곳은 산타 클로스가 사는 도시라고 했다. 거기서는 1시간 넘게 머물 예정이라고 덧붙였다.

헤르트는 헤드폰을 벗었다.

"와, 꽤 오래 머무네." 안네미가 말했다.

"그건 운전 시간 규정 때문이에요."

그는 옆자리 이웃에게 설명했다.

"운전 시간 규정?"

헤르트는 운전기사가 운전할 수 있는 시간에 대한 규정이 법으로 정해져 있다는 것을 설명했다. 바로 '운전 시간 결정법' 이었다.

"헤르트는 정말 아는 게 많네요."

안네미가 감탄하며 말했다.

"그렇죠."

"근데, 예를 들어 지연되면요? 아직 목적지에 도착하지 못 했는데 기사님이 더 운전해야 한다면?"

헤르트는 그런 경우 어떻게 해야 하는지 몰랐다. 그 점을 전혀 생각지도 못했다는 걸 깨닫자 짜증이 났다. 이건 꽤 심각한 문제가 될 수도 있었다. 그런 상황은 어떻게 해결해야 할까?

"산타 할아버지랑 사진 찍을 거예요?"

안네미가 그의 걱정 가득한 생각을 끊고 물었다.

"나는 산타랑 셀카 찍을 거예요." 헤르트가 대답했다. "원래 셀카 같은 건 안 찍는데, 내 사촌 스탠리를 위해서죠. 걔가 날 데려다줬어요. 보답으로 산타클로스 사진을 보내겠다고 약속했어요."

"아, 재밌겠다." 안네미가 킥킥 웃었다.

"우리는 셋이서 산타 무릎에 앉을 거예요. 그래도 된다고 허락만 해준다면."

헤르트는 그녀를 잠시 바라보았다.

"그게… 다 앉을 수 있을진 모르겠네요."

안네미는 헤르트의 말에 약간 어색하게 웃었다.

버스는 산타 마을 주차장에 도착했고, 모두가 차에서 내렸다. 산타는 자기 집 주변에 제법 많은 음식점과 기념품 가게들을 세워두었다. 헤르트는 주변을 둘러보며 안내판을 살펴본 뒤, 우선 루돌프 순록을 보러 가기로 했다. 작은 울타리로 둘러싸인 눈밭 안에 루돌프가 무려 여섯 마리나 있었다. 순번을 정해 썰매를 끌고는 아주 느릿느릿, 100미터 정도 되는 코스를 한 바퀴 돌았다. 물론, 몇 분짜리 그 짧은 코스를 위해 45유로를 낼 승객이 있다면 말이다.

"순록이라는 이름은 그다지 어울리지 않아." 헤르트는 혼잣말로 중얼거렸다. "차라리 '터벅터벅 동물'이 더 낫지."

그는 루돌프 한 마리의 코를 잠깐 쓰다듬고는 산타를 찾아 나섰다. 산타를 만나러 가려면 아주 큰 기념품 가게를 지나가야 했는데, 그런 건 헤르트 취향이 아니었다. 그는 입장 허가를 받을 때까지 잠시 대기했다.

산타는 벤치 가운데에 앉아 있었고, 방문객들은 그의 양옆에 앉을 수 있었다. 산타는 제법 덩치가 있었지만, 그래도 세 명의 꽤 통통한 여성들이 그의 무릎 위에 다 같이 앉을 수 있을지는 의문이었다.

헤르트는 산타 옆에 약 1미터 떨어져 앉아 셀카를 찍어도 되냐고 물었다. 산타는 매우 친절했지만, 그것은 허용되지 않았다. 대신 산타와 함께 찍은 큰 사진을 30유로에 구입할 수 있었다. 헤르트는 그 가격이 꽤 비싸다고 느꼈지만, 사촌 스탠리에게 산타와 함께 찍은 사진을 보내기로 약속했기에 결국 동의했다. 호텔에 돌아가면 그 사진을 휴대폰으로 찍어 스탠리에게 보낼 생각이었다.

산타는 헤르트에게 어디서 왔는지 물었다.

"베베르베이크에서 왔어요."

산타는 그곳을 모르는 듯했다.

"에이마위던 근처요."

산타는 멍한 표정을 지었다.

"네덜란드에 있어요." 헤르트가 설명했다.

그제야 산타는 무언가 떠오른 듯했고, 갑자기 활기를 띠며 네덜란드의 튤립과 풍차에 대해 열렬히 찬사를 보냈다. 사진사가 서두르라고 재촉하자, 산타는 헤르트에게 조금 더 가까이 오라고 손짓했다. 헤르트는 50센티미터 정도 다가갔다. 그는 그 정도면 충분히 가깝다고 생각했다. 그렇게 사진을 찍고, 둘은 악수를 나눴다.

출구에서 사진을 받을 수 있었지만, 그전에 또다시 그 거대한 기념품 가게를 지나야 했다.

헤르트는 사진을 들여다보았다. 웃는 편이 나았을까, 잠시 생각했지만 그래도 둘 다 또렷하게 잘 나왔다는 점에는 만족스러웠다.

시계를 확인했다. 버스 출발까지는 아직 40분이 남아 있었다. 조용한 곳에서 커피를 마시고 뭔가 먹을 시간은 충분했다. 가장 외진 쪽에 있는 카페를 향해 걸어가던 중, 헤르트는 눈이 치워진 아스팔트 위에 그어진 굵은 흰 선을 지나쳤다. 커다란 표지판은 이 선이 북극권임을 알려주었다. 헤르트는 그 위에 잠시 올라서 보았지만, 특별한 느낌은 들지 않았다.

“그래서, 셋이서 잘 앉았나요?” 헤르트가 안네미에게 물었다.

버스는 다시 끝없이 펼쳐진 핀란드 풍경 속을 달렸다.

“뭐가요?”

“셋이서 산타 무릎에 앉는 거.”

안네미는 크게 웃었다.

“아, 좀 낑겼지만, 어떻게든 됐죠 뭐. 산타 아저씨는 뭐든 괜찮다며 웃어넘겼어요. 나 진짜 웃겨서 바지에 지릴 뻔했잖아. 사진 볼래요?”

“바지를요?”

“아니, 사진을.”

그녀는 대답도 기다리지 않고 친구들에게 가서 사진을 들고 왔다.

안네미는 헤르트에게 사진을 보여주면서 또다시 웃음을 터뜨렸다. 사진 속에는 엄청난 ‘네덜란드식 풍요의 여신들’ 사이로 겨우 조금 드러난 산타클로스의 일부분이 보였다.

“그 사람 표정이 정말 답답해 보였어.” 안네미가 말했다. “헤르트도 사진 보여줄래요?”

헤르트는 자신의 사진을 보여주었다.

"다음엔 웃어요, 헤르트. 지금은… 마치 바지에 실례한 사람처럼 나왔잖아."

"그런 일은 없었어요."

"농담이에요."

그때 레오가 방송을 통해 곧 사미족 음악을 들려주겠다고 알렸다. 안네미는 신이 난 듯했다. "좋다, 그쵸? 이런 게 바로 문화 체험이지."

헤르트도 동의했다.

잠시 후, 사미어로 부르는 노래가 흘러나왔다. 헤르트는 매우 인상 깊다고 느꼈다.

"고양이 울음소리 같네." 뒤쪽에서 올라프의 목소리가 들렸다.

네 줄 앞에서 로드니가 사미어 흉내를 내며 따라 부르자 사람들이 크게 웃었다. 이제 정말 혼자 있을 시간이 필요하다고 헤르트는 생각했다. 그는 안네미에게 양해를 구하고 헤드폰을 썼다.

그는 시계를 보고 계산했다. 오로라 투어는 지금으로부터 31시간 뒤에 있을 예정이었다. 벌써부터 약간 긴장이 돼서 그는 오늘 저녁에만 세 번째로 내일 밤의 일기예보를 휴대폰으로 확인했다. 여전히 '약간 흐림'으로 표시되어 있었다. 그나마 안심이 되었다.

저녁 6시 10분, 버스는 레비에 있는 소코스 호텔 앞에 멈췄다.

"일정표에는 오후에 레비에 도착한다고 되어 있었어요. 그런데 6시 10분은 오후가 아니지." 헤르트가 말했다.

"왜 그렇게 투덜대요, 헤르트?" 안네미가 물었다.

"투덜대는 게 아니에요. 그냥, 이 여행에서 두 번째로, 아무 문제도 없었는데도 일정보다 늦게 호텔에 도착했다는 걸 말하는 거죠."

"이미 어두워진 게 아쉽네요. 아무것도 볼 수가 없잖아요." 안네미가 말했다.

레오는 자신이 체크인을 마칠 때까지 모두 버스 안에 있으라고 했다. 헤르트는 그 틈을 이용해 자신의 기록을 정리했다. 그는 이동 시간과 거리 그리고 그날의 평균 속도를 적었다.

평균 속도: 시속 44.4km

곧 레오가 돌아와 열쇠를 나눠주었고, 모두 저녁 7시에 식당에 모이라고 알렸다.

헤르트는 서둘러 자신의 방으로 향했다. 그가 계산한 바에 따르면 오늘은 반드시 몇 시간은 혼자만의 시간이 있어야 했다. 잠시 쉬고, 아무도 없는 조용한 시간을 보내는 것이다. 하지만 여행사에서 제공한 정보는 정확하지 않았고 그는 이제 30분 뒤면 다시 시끄러운 식탁에 앉아야 했다. 그전에 짐도 풀어야 하고, 날씨도 확인해야 하며, 스탠리에게 사진도 보내야 했다. 마지막 일은 식사 후로 미뤄도 될지도 몰랐다.

정각 7시에 헤르트는 식당으로 들어섰다. 그는 주변을 둘러보았다. 버스 일행을 위해 예약한 테이블은 이미 가득 차 있었다. 조금 떨어진 곳에 몇 개의 작은 테이블이 비어 있었고, 그는 잠시 망설이다가 그중 하나에 혼자 앉았다.

"그나마 다행이군." 그는 중얼거렸다.

헤르트는 레오가 다가오는 것을 보았다. 그는 얼른 고개를 돌려 다른 쪽을 바라보았다.

"푸트만스 씨, 자리가 하나 더 있어요. 혼자 앉는 건 외롭잖아요, 그쵸? 제가 자리로 안내해 드릴게요."

헤르트는 입속으로 조용히 욕을 뱉었지만, 지금 이대로 혼자 남아 있는 건 무척 무례한 일일 거라고 생각했다. 그래서 마지못해 자리에서 일어났다. 레오는 오늘 버스 안에서 두 줄 앞에 앉아 있던 말 없는 부부와 아버지와 아들로 보이는 두 사람이 앉아 있는 테이블로 그를 안내했다.

"저는 마르코고, 여긴 제 아들 시몬이에요."

흐로닝언 방언처럼 들리는 말투로 아버지 쪽이 말했다.

"저는 헤르트입니다."

마르코는 손을 내밀었고, 헤르트는 그의 손을 잡았다. 이어서 아들 시몬과도 악수를 나눴다. 헤르트는 조용한 부부와도 악수해야 할지, 아니면 그들이 먼저 무언가를 해야 하는 건지 몰라서 잠시 망설였다.

남편은 그저 그를 바라보기만 했다.

"성함이 어떻게 되시죠?" 헤르트가 먼저 말을 꺼냈다.

"스팁호르스트, 롭입니다. 반갑습니다."

"푸트만스, 헤르트입니다."

여자는 고개도 들지 않은 채 수프를 먹고 있었다.

헤르트는 조금 더 반응을 기다리다가 결국 아무 말도 하지 않고 그녀 맞은편 자리에 앉았다.

식사는 뷔페였기 때문에, 헤르트는 이 어색한 분위기에서 종종 빠져나올 수 있었다. 하지만 대신 또 다른 고민거리가 생겼다. 뷔페가 너무 다양했다. 전채 요리만 해도 열 가지 가까이 있었고, 메인 요리와 디저트도 그에 못지않게 많았다.

헤르트는 코스마다 작은 접시에 두 개씩 음식을 담았다. 그렇게 하면 총 여섯 번은 테이블을 오갈 수 있었다. 각 접시에는 익숙한 음식 두 가지와 한 번도 먹어보지 않은 새로운 음식 한 가지를 담았다. 그는 그런 자신이 자랑스러웠다.

그가 매번 자리로 돌아올 때마다 마르코는 "맛있게 드세요"라고 인사했다. 헤르트도 "당신도요"라고 응답했다. 아들 시몬도 매번 뭔가 "맛있게"와 비슷한 말을 중얼거렸다.

롭 스팁호르스트는 고개만 끄덕였고, 그의 아내는 접시를 내려다보거나 휴대폰 화면을 멍하니 바라볼 뿐이었다. 헤르트는 그녀가 혹시 언어 장애는 아닐까 생각했다. '그런 걸 물어봐도 되는 걸까? 아냐, 안 물어보는 게 낫겠다.' 그는 그렇게 생각했다.

식사가 절반쯤 진행됐을 때, 아들이 자리에서 일어나 아버지에게 화장실에 다녀오겠다고 알렸다.

"좋아, 아들아. 들어간 물은 내보내야지." 마르코가 아무에게도 말하지 않는 듯한 어조로 말했다.

"뭐라고요?" 헤르트가 물었다.

"'들어간 물은 내보내야지'라고 했어요."

헤르트는 자신이 '예'라고 대답해야 하는지, '아니요'라고 해야 하는지 판단이 서지 않아 불안한 눈빛으로 주위를 둘러보았다. 뜻밖에도 그의 맞은편에 앉은 여자가 도와주었다. 그녀는 고개도 들지 않고 말했다.

"들어간 건 다시 나와야 한다는 말이에요."

그러니까 그녀는 말을 할 수 있었다. 그녀의 남편이 살짝 놀란 듯한 눈빛으로 그녀를 바라보았다.

"어… 그렇네요" 하고 헤르트가 대답했다. 이 대답은 긍정도 부정도 아닌 모호한 태도로 그에게는 최선의 선택이었다. 다행히도 더 이상 설명을 요구하는 사람은 없었다.

롭이 커피를 가지러 갔다. '둘이 싸운 것 같아.' 헤르트는 생각했다. 시몬이 화장실에서 돌아왔고, 롭도 커피를 들고 돌아왔지만, 대화는 없었다.

헤르트는 이제 그만 방으로 돌아가고 싶었지만, 먼저 일어나는 것이 무례하게 보일 것 같아 선뜻 움직일 수 없었다. 얼마 후, 여자가 휴대폰을 가방에 넣고 자리에서 일어나 "안녕히 주무세요"라고 말하며 떠났을 때 비로소 안도의 한숨을 내쉬었다. 드디어 이 자리에서 벗어날 수 있었다.

방으로 돌아온 헤르트는 산타와 함께 찍은 사진을 스탠리에게 보냈다. 즉시 답장이 왔다. 엄지척과 웃는 얼굴들의 이모티콘이었다. 이어서 스탠리는 오늘 자기 팀이 대타 파트너와 함께한 경기에서 완패했다는 소식도 전해왔다. 헤르트는 오래 고민한 끝에 이렇게 답장을 보냈다.

"앞으로는 더 잘되길."

곧바로 답이 왔다.

"너 없인 영 꽝이야. 거긴 어때?"

"좋아."

"그게 다야????"

"25시간 뒤에 오로라 투어야."

"와, 재밌겠다!!!!"

"잘 있어."

"잘 있어.(이모티콘)"

헤르트는 마음을 가라앉히기 위해 스도쿠 몇 문제를 더 풀었다. 그 후 이를 닦고 잠옷으로 갈아입은 뒤, 내일 면도를 할지 말지 잠시 고민했다. 그리고 침대에 누워서 내일 밤의 날씨를 마지막으로 한 번 더 확인했다.

구름 적음, 혹은 거의 없음.

그 사실에 안도했지만, 그래도 잠이 드는 데 한참이 걸렸다.

버스에 올라탔을 때, 헤르트는 오늘이 다시 '미케의 날'이라는 걸 깨달았다. 그와 그의 '파트타임 이웃'은 세 번에 걸쳐 여섯 자리를 이동했고, 이제는 버스 중문 부근에 앉아 있었다.

그 한 줄 앞에는 샤프 자매가 앉아 있었는데, 이 여행이 끝날 때까지 그들을 피할 수는 없을 것 같았다. 뒤에는 올라프와 그의 아내가 있었고, 그들 역시 앞으로 남은 일정 내내 헤르트의 이웃으로 남을 모양이었다. 그 아내에 대해서는, 두꺼운 안경을 썼고 외국 억양이 있다는 것만 알 뿐이었다.

통로 반대편에는 동커르슬로트 부부가 앉아 있었다. 그들이 첫날 실종되는 바람에 레오가 마이크로 이름을 부른 것이 기억에 남아 있었다.

"오늘은 얼마나 달리는지 분명 알고 있죠?"

미케가 버스에 올라타자마자 물었다.

"트롬쇠까지 415킬로미터, 그리고 오늘 밤엔 오로라 투어가 있어요. 거기까지 몇 킬로미터를 더 이동할진 모르겠지만, 지금으로부터 13시간 후에 시작이에요.”

“설렌다, 정말. 과연 오로라를 볼 수 있을까요?”

“모르겠어요. 하지만 간절히 보고 싶네요. 못 보면 이 여행은 다 소용없는 거나 마찬가지니까.”

“오로라만 보러 온 거예요?”

헤르트는 고개를 끄덕였다. 미케는 눈썹을 치켜올렸다.

“그래도… 여행 전체나 풍경이나… 사람들도 조금은 기대했던 거 아니에요?”

잠깐 망설인 후, 헤르트가 대답했다.

“그렇죠.”

그들 뒤에 앉아 있던, 두꺼운 안경을 쓴 여자가 몸을 앞으로 기울이며 미케 쪽으로 얼굴을 내밀었다. 그녀는 오로라 앱을 다운로드했는데, 오늘 밤 오로라가 나타날 확률이 85퍼센트라고 했다. 통로 반대편에 앉아 있던 동커르슬로트 부인도 희망적인 표정을 지으며 말했다.

“왠지 이번엔 정말 볼 수 있을 것 같아요.”

그때 갑자기 버스가 급히 속도를 줄였다. 레오의 목소리가 들려왔다.

"운이 좋네요, 여러분. 순록입니다! 바로 앞에, 그리고 버스 왼쪽 갓길에도 있어요."

그는 더욱 속도를 늦췄다. 버스 왼쪽 창밖에 약 스무 마리 정도의 순록 무리가 있었고, 도로 앞쪽에도 떼 지어 걷는 순록들이 보였다.

모든 승객이 동시에 휴대폰을 창문에 대고 사진을 찍어 댔다. 버스가 천천히 움직이는 그 짧은 시간 동안 순록 사진이 아마 100장은 넘게 찍혔을 것이다. 헤르트는 사진을 찍지 않았다. 그저 조용히 바라보기만 했다.

순록들은 겁을 내지 않았다. 버스가 몇 마리를 치고 지나갈 뻔했을 정도였다. 순록들은 그제야 느릿느릿 옆으로 한 발짝 뛰어 피했다.

옆자리 올라프는 순록에 대해서는 꽤 아는 체를 했다.

"벨루웨에서는 양이 흔하잖아요? 여긴 그게 순록이에요. 다만 목동이 라프족이라는 게 다르죠."

노르 샤프는 자기 동생에게 순록이 내는 소리를 들었다며, 그건 짝짓기를 원하는 소리라고 말했다.

"엥…."

"그 소리를 '벌링'이라고 부른대."

"음… 내가 잘난 척하려는 건 아니지만 말이죠."

롭 스팁호르스트가 대화에 끼어들었다.

"순록도 벌링을 하나요? 사슴은 그래요, 특히 수컷이. 근데 순록은…."

노르는 한 수컷 순록이 새끼와 함께 있으면서 벌링 소리를 내는 걸 들었다고 고집을 부렸다.

"그게 수컷이라는 건 어떻게 아셨어요?" 올라프가 물었다.

"밑에 뭐가 매달린 게 보였어요."

"전 못 봤는데요. 제 생각엔 어미와 새끼예요."

"아무튼 저는 분명히 벌링을 들었어요."

노르는 굽히지 않았다.

"그건 아마 종소리를 들으신 거겠죠."

미케가 웃으며 말했다.

"종소리가 왜 나오는데?" 안티여가 언니를 거들고 나섰다.

"그냥 농담이었어요." 미케가 해명했다.

샤프 자매는 그 농담이 전혀 재미있지 않은 듯했다.

헤르트는 순록만 관찰한 것이 아니었다. 사진을 찍고 있는 사람들의 모습도 유심히 살펴보았다. 특히 그들이 움직이는 버스 안에서 더럽고 반사되는 창문 너머로 사진을 찍는 조건에 주목했다. 그는 이 여행 중에 실패한 사진이 얼마나 많이 찍힐지 궁금해졌고, 계산했다. 사진을 찍는 사람 수, 여행 일 수, 사람당 하루에 찍는 평균 사진 수를 대략적으로 추산한 결과, 전체 여행 동안 찍힌 엉망인 사진이 6,000장에서 8,000장 사이일 것이라는 결론에 도달했다. 그는 그 수치를 자신의 수첩에 적어두었다.

버스는 핀란드와 노르웨이의 국경에 가까워지고 있었다. 밖에는 햇빛이 쨍쨍했다. 최근 몇 시간 동안 풍경은 더욱 인상적으로 변해 있었다. 더 이상 밋밋한 하얀 벌판 위에 자잘한 나무와 덤불이 퍼져 있는 풍경이 아니었다. 언덕을 지나자 눈으로 뒤덮인 해발 2,000미터 가까운 장엄한 산들이 구름 한 점 없는 하늘 아래 모습을 드러냈다.

"우린 정말 날씨 운이 좋다, 그치?"

붉은 머리의 여자가 환한 목소리로 말했다.

'너무 일찍 좋아하진 말지.' 헤르트는 속으로 생각했다. 오늘은 좋아 보이긴 해도 모르지 않는가.

그는 조금 전, 오늘만 해도 두 번째로 일기예보를 확인한 참이었다. 오늘과 내일은 여전히 맑은 날씨가 예보되었지만, 그 이후 며칠간은 큰 날씨 변화가 예상되고, 많은 눈이 내릴 거라는 예보였다.

"오늘 밤엔 틀림없이 오로라를 보게 될 거예요." 미케가 단

언하듯 말했다.

헤르트는 놀라며 물었다. "그걸 어떻게 알죠?"

미케는 대답하지 못했다. 사실 그녀도 확신은 없었다. 붉은 머리의 여자 역시 자신만만하게 말했다.

"분명히 오로라가 활짝 펼쳐질 거예요."

그녀의 남편으로 보이는, 벌써 나흘째 같은 파란색 운동복 상의를 입고 있는 남자는 조금 더 신중한 태도를 보였다.

헤르트는 점점 더 초조해지고 있었다. 이 끝없는 추측과 기대가 오히려 그를 긴장하게 만들었다. 그는 시계를 보았다. 오후 3시. 대략 8시간 후면 결과가 드러날 터였다. 그는 약간 메스꺼웠다.

"미안해요, 저 다시 헤드폰 좀 써야겠어요."

헤르트가 미케에게 말했다.

"물론이죠, 헤르트. 편하게 해요."

★

헤르트는 짜증이 났다. 이번이 벌써 세 번째였다. 여행 안내서에 명시된 시간보다 호텔 도착이 훨씬 늦어진 것은. 그는 미케에게 책자에 적힌 내용을 읽어주었다.

"호텔 도착 후, 시내 중심지를 둘러보실 수 있습니다."

"그럼 못 둘러보는 거예요?" 미케가 물었다.

"지금이 6시 20분이에요. 레오가 방금 7시에 식사가 있고, 9시 30분에 오로라 투어 버스가 출발한다고 했죠. 시내까지는 여기서 도보로 20분 걸려요. 도대체 언제 시내를 볼 수 있겠습니까?"

미케는 할 말이 없었다.

버스에서 거의 마지막으로 내린 헤르트는 레오에게 다가갔다. 레오는 짐칸에서 캐리어를 꺼내고 있었다.

"또 늦었네요. 이번이 벌써 세 번째입니다."

레오는 못 들은 척 시치미를 떼며 말했다.

"무슨 말씀이신가요, 푸트만스 씨?"

"여행 일정표에는 시내 중심지를 둘러볼 시간이 있다고 되어 있지만, 그런 시간은 전혀 없어요. 어제도, 그제도 계획보다 훨씬 늦게 도착했고요."

"푸트만스 씨 말씀이 맞습니다. 여행사 쪽에서 시간을 지나치게 낙관적으로 계산한 것 같아요."

헤르트는 아무 대꾸도 하지 않았다. 대신 분노 섞인 표정으로 고개를 저으며 자신의 캐리어를 잡아 들고 호텔 입구로 걸어갔다. 인도는 울퉁불퉁했고, 여기저기 큼직한 구멍이 뚫려 있었다. 그중 하나에 헤르트의 캐리어 바퀴가 툭 걸리더니, 멈춰 서버렸다. 화가 난 헤르트는 손잡이를 힘껏 잡아당겼다. 크르륵. 캐리어는 가까스로 빠져나왔지만, 바퀴 하나는 그 자리에 그대로 남아 있었다.

헤르트는 엄청난 분노가 치밀어 오르는 것을 느꼈다.

"엄마를 떠올려. 코로 깊게 들이마셔. 엄마를 떠올려. 입으로 천천히 숨을 내쉬어."

그는 이 말을 마치 주문처럼 반복했다. 그렇게 하자 조금씩 가라앉기 시작했다. 그때 동커르슬로트가 다가와 도와주려는지 바퀴를 집으려 했다.

"건드리지 마세요." 헤르트가 날카롭게 내뱉었다.

"아, 죄송합니다…"

동커르슬로트는 언짢은 듯 발걸음을 돌려 떠났다.

"이건 안 좋은 징조야." 헤르트는 혼잣말했다. "아주 안 좋은 징조지."

방에 들어서자 헤르트는 조금 진정된 기분이었다. 캐리어를 열어 짐을 풀고, 샤워를 하러 욕실로 들어갔다. 오늘은 수요일이니까. 그 후, 그는 오늘의 평균 속도를 계산해 수첩에 적었다.

평균 속도: 시속 47km

그러고선 갑자기 밀려온 두통을 가라앉히기 위해 두통약 두 알을 먹고는 침대에 누웠다.

정각 7시, 헤르트는 식당 입구에 도착해 주위를 둘러보았다. 이미 다섯 명이 앉아 있는 큰 테이블의 빈자리로 걸어갔다.

"이 자리 비었나요?" 그가 물었다.

테이블에 앉아 있던 여성 중 한 명이 몸을 돌려 대답했다.

"Bitte?(뭐라고요?)"

헤르트는 순간 당황했다.

"이 자리…."

그는 말을 흐리며 테이블 위 회색 머리와 벗겨진 머리의 사람들을 둘러보았다. 이 사람들, 아는 얼굴인가? 그는 망설였다.

꽃무늬 드레스를 입고, 선홍색 립스틱을 바른 여자가 웃으며 식당 반대편 구석을 가리켰다.

"Do sind die Holländer.(저기 네덜란드 사람들이 있어요.)"

헤르트는 그녀가 가리킨 방향을 바라보았다.

"아."

완전히 얼이 빠진 듯 그는 뒷걸음질하며 돌아섰다가, 다시 돌아와 말했다.

"Danke schön.(감사합니다.)"

"Bitte sehr.(천만에요.)"

"오늘은… 정말 끝났어."

헤르트는 중얼거리며 식당의 반대편으로 걸어갔다. 그리고 아무 인사도 없이 테이블의 빈자리에 앉았다. 테이블에 앉은 다른 여행객들이 놀란 눈으로 그를 바라보았다.

"그쪽도 안녕하세요?"

뚱뚱한 암스테르담 남자가 인사도 없이 자리에 앉은 헤르트가 들으라는 듯 큰 소리로 외쳤다. 남은 일곱 명의 사람이 그를 뚫어지게 바라봤다. 헤르트는 고개를 저으며 아무 말도 하지 않았다.

-

목요일 오후, 마지막 2시간은 체육 수업이었다.

회르트는 중학교 1학년이었다. 지금까지는 그럭저럭 무사히 하루를 버텨냈다. 평소처럼 무시당하거나 비웃음의 대상이 되긴 했지만, 그 이상은 아니었다.

회르트는 체육 수업이 가장 무서웠다. 그리고 체육 선생님 드 제이유브를 증오했다. 드 제이유브는 운동을 잘하는, 특히 축구를 잘하는 남학생만 좋아했다. 그리고 오늘도 마지막 시간은 어김없이 축구였다.

팀을 고르는 시간이 되면, 회르트는 늘 그렇듯 마지막까지 남았다. 아무도 그를 팀에 넣고 싶어 하지 않았기 때문에, 드 제이유브가 억지로 두 팀 중 하나에 배정해 주었다.

그의 팀원들은 전략을 논의하며, 회르트가 팀에 해를 끼치지 않으려면 어디에 두는 게 좋을지를 의논했다. 대부분의 경우, 결론은 같았다. 얼룩이는 골대를 지켜야 해. 아무도 그를 '회르트'라고 부르지 않았다.

경기는 결정적인 국면에 접어들었다. 공 하나하나에 사투가 벌어졌다. 회르트는 나무로 된 핸드볼 골대 사이에서 겁에 질려 서 있었고, 그저 경기 종료 휘슬이 울리기만을 간절히 바라고 있었다. 지금까지 회르트는 공을 두 번 막아냈고, 아홉 골을 실점했다. 그중 일부는 도저히 막을 수 없는 슈팅이었지만, 실점할 때마다 그는 팀원들에게 온갖 욕설을 들었다.

드 제이유브가 마지막 1분이 시작되었다고 알렸다.

점수는 9대 9.

상대 팀의 슛이 빗나갔다. 공이 천천히 굴러오고 있었다. 이건 막을 수 있다. 회르트는 그렇게 생각했다. 회르트는 2미터 앞쪽, 약간 사선 방향에 있던 팀 동료에게 "내 거야!"라고 외쳤다. 그리고 힘껏 걷어차려 했지만, 계획대로 되지 않았다. 날아간 공은 누군가의 등에 맞고 굴절되어, 지그재그로 팀의 골문 쪽으로 굴러갔다. 회르트는 실점을 막기 위해 몸을 날렸다. 하지만 미끄러지며 어깨로 골대를 들이받았고, 골대 전체가 옆으로 1미터가량 밀려났다. 그가 고개를 들었을 때, 공은 골대 안에 있었다. 아이들 중 반은 웃느라 바닥을 구르고 있었고, 나머지 반은 그를 향해 '멍청한 얼룩이'라며 욕을 퍼붓고 있었다. 드 제이유브는 그 광경을 재미있다는 듯 바라보았다.

회르트의 유일한 친구, 헹키 판 담은 땅만 바라보고 있었다.

—

밤 9시 25분, 그들이 타고 다니던 버스가 아닌 다른 버스가 호텔 앞에 도착했다. 모두가 버스에 올라탔다.

헤르트는 급히 좌석 수를 세어보았다. 50석. 다행이군, 이번에는 혼자 앉을 수 있겠어. 그는 사람들이 전부 자리를 잡을 때까지 일부러 망설이며 대기했다. 누군가 옆에 앉는 일이 없도록 하기 위해서였다. 그는 결국 버스 맨 뒤쪽에 자리를 잡았다.

헤르트는 레오가 호텔에 남아 있다는 사실을 확인했다.

설마… 오늘 밤에 오로라가 안 뜰 거라고 생각하는 건가? 뭔가 수상했다. 그때 스무 살 초반으로 보이는 여성이 마이크를 들었다.

"안녕하세요, 저는 헤를리케예요. 오늘 밤, 여러분은 아마도 멋진 오로라를 보게 될 텐데, 그곳으로 안내할 가이드입니다."

그녀는 벨기에 억양이 섞인 네덜란드어를 구사했다. 이어서 그녀는 동행 스태프 두 명을 소개했다. 노르웨이 출신 운전사 크리스티안과 콜린이었다. 콜린은 영국 버밍엄에서 온 오로라 전문가이자 지리학도이면서 동시에 사진작가라고 했다. 헤를리케가 먼저 오로라 현상에 대해 간단히 설명했고, 그 뒤 콜린이 영어로 같은 내용을 반복했다. 그는 네덜란드어를 전혀 하지 못하는 듯했다.

"하지만 먼저." 헤를리케가 마무리하듯 말했다. "우리의 '오로라 베이스'까지 약 45분 정도 이동해야 해요. 거긴 이곳보다 더 어두울 거예요."

헤르트는 창밖을 내다보았다. 여기보다 더 어두운 데가 있긴 할까? 긴장한 탓에 속이 약간 메스꺼웠다.

"약 5분 뒤 도착할 예정입니다." 가이드가 다시 알렸다.

"그리고 지금 조건은 꽤 괜찮아요. 구름은 많지 않고, 대기 상태도 나쁘지 않거든요."

그때 버스 안에서 누군가 외쳤다.

"내 앱에선 지금 오로라가 떠 있다고 나와요!"

헤를리케는 과도한 기대감을 가라앉혔다. 오로라 앱은 아쉽게도 신뢰도가 낮고, 특정 위치에 대해 충분히 정밀하지 않다는 것이었다.

이어서 사진작가 콜린이 설명을 덧붙였다. 오로라가 정말로 나타난다면, 원하는 사람은 누구든지 오로라를 배경으로 사진을 찍어주겠다고 했다. 그 사진은 투어 요금에 포함되어 있어 무료로 다운로드할 수 있었다. 또 자신의 카메라나 휴대폰으로 사진을 찍는 것도 가능하지만, 그러려면 노출 시간을 약 5초로 설정해야 한다고 했다. 그렇지 않으면 오로라가 제대로 담기지 않는다고 말이다.

"그걸 어떻게 설정해요? 어떻게 찍는 거예요?"

버스 안에서 가벼운 소동이 일어났다. 사람들은 우왕좌왕했고, 약간의 공황 상태가 번졌다. 헤를리케와 콜린은 모두에게 도움을 주겠다고 약속했다.

하지만 헤르트는 도무지 안심이 되지 않았다. 오로라를 제대로 보기도 전에 사진을 찍으라니, 말이 되나? 그럴 바에는 차라리 사진집을 사는 게 낫지 않을까? 이러려고 거의 2,000킬로미터를 그 답답한 버스를 타고 온 게 아니다. 그는 자신의 눈으로 밤하늘을 가득 수놓은 장관을, 초록과 노랑과 파랑이 어우러진 빛의 춤을 보고 싶었다.

이마에 땀이 맺혔다. 헤르트는 창밖 하늘을 뚫어지게 바라봤지만, 아직 아무것도 보이지 않았다. 혹시 유리창이 선팅돼 있어서 그런가?

마침내 버스가 멈췄다. 이 여행에서 처음으로, 승객들이 스스로 먼저 버스에서 내리기 위해 서둘렀다. 헤르트도 빠르게 하차한 사람들 중 하나였다. 모두가 고개를 들어 하늘을 올려다보았다.

하늘에는 제법 많은 별이 반짝이고 있었고, 곳곳에 몇 점의 구름이 밤하늘을 천천히 가로질렀다. 하지만 그 외에는 아무것도 보이지 않았다.

"저기 봐요." 헤를리케가 말했다.

그녀는 손가락으로 하늘에 있는 두 줄기 희미한 흰색 띠를 가리켰다. 헤르트는 방금 전까지 그것이 그냥 구름이라고 생각했다.

"저게… 오로라인가요?"

그렇다. 그게 바로 그거였다.

헤르트는 속이 울렁거릴 정도의 실망감을 느꼈다.

"지금은 그렇다는 거예요. 더 나올 수도 있어요." 헤를리케는 여전히 낙관적으로 말했다.

"더 나올 수도 있다고?" 디르크가 비꼬듯 되물었다.

헤르트는 절박하게 하늘을 샅샅이 훑었다. 여기저기 하얗게 번진 자국 몇 개. 그게 전부였다.

한편 다른 사람들은 그 하얀 자국을 어떻게든 찍기 위해 필사적으로 휴대폰을 조작하고 있었다. 대부분은 긴 노출 사진을 한 번도 찍어본 적이 없었고, 그게 뭔지도 몰랐다.

헤를리케와 콜린은 친절하게 하나하나 설명해 주고 있었다.

가끔 만족스러운 감탄사가 터졌고, 누군가는 자기 폰 화면을 다른 사람에게 보여주며 말했다.

"봐봐, 저거 진짜 약간 노란빛… 음, 구름 같지? 아주 살짝 초록도 섞였고."

헤르트는 계속 하늘을 올려다보느라 목이 아파 왔다. 그리고 마침내, 끔찍한 진실이 그에게 확실하게 다가왔다. 오늘 밤, 찬란한 색으로 물든 하늘 같은 건 없을 거다. 이건 베버르베이크 하늘이랑 다를 게 없잖아.

그는 침을 꿀꺽 삼켰다. 아래턱이 떨렸다. 분노와 실망이 엉켜 치솟고 있었다.

"세상에서 내가 정말로 보고 싶었던 단 하나였는데…" 헤르트는 중얼거렸다. "그 긴 고생스러운 여행 끝에, 이게 뭐람…"

그는 여전히 밖에 남아 있는 몇 안 되는 사람 중 하나였다. 기온이 꽤 많이 내려가서 대부분은 추위를 이기지 못하고 따뜻한 수프가 제공되는 나무 오두막 안에 들어가 있었다.

"헤르트, 따뜻한 수프 한 컵 안 마실래요?"

안네미가 오두막 쪽으로 걸어가면서 다정하게 물었다.

"나한테 필요한 건 수프가 아니라, 오로라예요."

"그래, 좀 아쉽긴 하네요…."

"좀 아쉬운 게 아니라, 완전히 실망스럽습니다."

"그렇지만 내 사진에는 초록빛이 좀 찍혔던데요? 당신은 없었어요?"

"아니, 없었어요."

헤르트의 공격적인 어조에 놀란 안네미는 조용히 자리를 떠났다.

헤르트는 도저히 이해가 되지 않았다. 사람들은 왜 그토록 사진을 찍는 데 집착하는 걸까? 자신의 눈으로 직접 뭔가를 경험하는 것보다 나중에 남들에게 보여줄 증거물이 더 중요한 걸까?

이제 그는 남은 유일한 사람이었다. 그는 고개를 들어 하늘을 계속 바라보았다.

헛되이.

헤르트는 전날 밤 뷔페에서 빵 두 개와 치즈 두 조각을 몰래 냅킨에 싸서 방으로 가져갔다. 방 안에는 전기포트와 티백, 설탕이 준비되어 있었다. 그 덕분에 헤르트는 아침 식당에 가지 않아도 되었고, 9시에 바로 버스로 향할 수 있었다.

그는 잠을 거의 못 잤다. 뼈저린 실망감이 몇 시간이고 그를 깨어 있게 했다. 그는 한밤중에 스탠리에게 메시지를 보냈다.

"오로라 없음."

"젠장×3!!!!"

스탠리는 1분도 안 되어 답장을 보냈다.

헤르트는 지독한 피로 속에 일어났고, 말라서 퍽퍽한 빵과 치즈를 억지로 씹어 삼켰다. 잠시 망설였지만, 남은 빵 하나는 다시 냅킨에 싸서 배낭에 넣었다. 그의 어머니는 평생 음식을 버리지 말라고 강조했었다.

그는 습관처럼 세수하고 이를 닦았다. 캐리어를 다시 싸고, 외투를 입고 배낭을 메고 방을 나섰다.

"젠장할 가방." 한쪽 바퀴밖에 남지 않은 그 빌어먹을 캐리어가 통제 불능 상태로 이리저리 휘청거리며 따라왔다. 두 번이나 벽에 부딪히고 나서, 그는 욕을 뱉으며 캐리어를 번쩍 들어 올렸다. 그러고는 분노에 차서 남은 바퀴도 아예 부숴버리려 했다. 하지만 헛수고였다.

"게다가 오늘도 그 좆같은 버스로 425킬로를 더 달려야 해."

헤르트는 자신이 이제 곧 자제력을 완전히 잃을 수도 있다는 것을 느꼈다. 헤르트는 되뇌었다.

"코로 깊게 숨을 들이마시고, 입으로 깊게 숨을 내쉰다. 세 번."

복도 끝에서 붉은 머리 여자가 입을 벌린 채 그를 바라보고 있었다. 헤르트는 눈을 감은 채 복도 한가운데 서 있었고, 서서히 제정신을 되찾고 있었다.

★

"스웨터가 예쁘네요." 디디가 말했다.

"엄마가 떠준 거예요. 2018년 11월 11일에 선물로 주셨어요.”

“생일이 11월 11일이에요?”

“아니요, 근데 그날마다 엄마가 저한테 선물을 하나씩 주셨어요. 11월 11일은 국제 싱글의 날이에요.”

“정말요?” 디디는 놀란 듯 물었다. “그런 얘기 처음 들어봐요.”

“중국에선 작년에만 온라인 쇼핑몰에서 싱글의 날 선물로 400억 유로어치가 팔렸어요.”

“아, 그러니까… 싱글이군요.”

디디가 굳이 말하지 않아도 될 걸 확인하듯 덧붙였다.

“네.”

디디는 이어질 질문을 기대하는 듯했지만, 아무 말도 돌아오지 않았다. 결국 그녀가 먼저 입을 열었다.

“나도 싱글이에요. 남편이 3년 전에 세상을 떠났어요. 나보다 열네 살 많았는데… 그래도…”

헤르트는 아무 말도 할 수 없었고, 그저 앞을 멍하니 바라보았다.

지금은 헤드폰을 끼기에 적절하지 않은 순간 같았다.

“심장마비였어요.”

디디가 말했다. 그리고 꿀꺽 침을 삼켰다. 잠시 침묵이 흘렀고, 그녀는 다시 말을 이었다.

"그날 아침, 눈을 떴죠. 그리고 남편한테 말했어요. '루을로
프, 왜 이렇게 차가워?' 그런데 아무 대답도 없더라고요. 침대
옆에… 죽어 있었어요. 심장마비. 전혀 눈치 못 챘어요."

"남편분 일, 정말 안타깝습니다. 깊은 애도를 전합니다." 헤
르트는 말했다.

"고마워요. 그리고… 말 편하게 해요. 헤르트, 당신은… 결혼
한 적 있어요?"

"아니요."

짧은 침묵 후, 디디가 말했다.

"난 그냥, 나름대로 최선을 다하며 살아가려 해요."

"나도요."

"정말?"

"네, 어머니가 얼마 전에 돌아가셨어요. 연세가 있으셨죠."

"어머니가 돌아가셨다니… 참, 안타깝네요."

헤르트는 잠시 생각에 잠겼다가 말했다.

"혹시… 그거 알아요? 전 세계에서 하루 평균 약 15만 명이
사망해요."

디디는 처음 안 사실이었다. 그녀는 잠깐 눈가를 문지르고
는 창밖을 바라보았다. 지금이야말로 헤드폰을 꺼도 될 타이
밍이었다.

헤르트는 음악을 틀었다. 하지만 그 음악은 평소처럼 그에게 평온을 가져다주지 못했다. 그는 오로라를 보지 못했다는 사실을 도무지 머릿속에서 떨쳐낼 수 없었다.

버스는 출발 2시간 후 화장실에 들르기 위해 한 도로변 레스토랑에 도착했다. 그러나 그곳은 닫혀 있었다. 레오는 사과했고, 버스는 30분을 더 달려야 했다. 잠시 후, 그가 마이크를 통해 다시 안내했다.

"조금만 더 참아주세요, 여러분. 5분만 가면 슈퍼마켓이 하나 있는데, 제 정보에 따르면 거긴 열려 있습니다. 거기 화장실도 있습니다. 다만 식당이 없는 곳이라, 화장실 이용에 비용이 들 수 있습니다. 30분 뒤까지 버스로 다시 돌아와 주세요."

헤르트는 평소와 달리 창가 대신 통로 쪽 좌석에 앉아 있었다. 그는 아침에 형식적으로 디디에게 "오늘은 창가에 앉으실래요?" 하고 물었는데, 그녀가 실망스럽게도 "응, 좋아요"라고 대답해 버렸다. 그 결과, 그는 그다지 달갑지 않은 상황에 처하고 말았다.

왼쪽에는 디디, 그리고 오른쪽, 통로 건너편에는 지금껏 눈에 띄지 않았던 어떤 여자가 앉아 있었다. 그녀 옆에는 말 없는 남자 하나가 앉아 있었는데, 축 처진 콧수염을 보아 남편일 가능성이 높았다. 반면 여자는 결코 말이 없는 사람이 아니었다. 그 오므린 입에서는 날카로운 목소리가 끊이지 않고 이어졌다.

"화장실 쓰는 데 돈을 내라니, 난 절대 안 낼 거예요."

레오의 안내 방송이 끝나자마자, 그녀는 아무런 맥락도 없이 헤르트에게 선언하듯 말했다.

"내 생각엔 말이죠. 화장실은 언제나 무료여야 한다고 봐요. 당신은요?"

헤르트는 그 질문에 당황해 "그건… 아직 생각해 본 적이 없는데요"라고 얼버무렸다.

"그렇군요." 여자의 오므린 입술에서 날카로운 말이 튀어나왔다.

"저는 말이죠, 그건 원칙의 문제예요. 차라리 바지에 지릴지언정 돈 내고 소변 보는 건 싫어요."

"그 원칙은… 옆에 앉은 사람들에겐 좀 불쾌할 수도 있겠네요." 헤르트가 말했다.

그 말에 디디가 크게 웃음을 터뜨렸다. 오므린 입술의 여자는 못 들은 척했다.

"이름이 어떻게 되세요?" 그녀가 묻고, 먼저 대답했다.

"저는 마틸데예요. 마틸데 크니커르. 이쪽은 제 남편 스테판이에요"

스테판은 책에서 눈도 떼지 않은 채, 콧수염 너머로 무언가 알아듣기 힘든 말을 웅얼거렸다.

"전 헤르트 푸트만스입니다."

"그럼… 당신 부인의 이름은요?"

"이쪽은 제 아내가 아니에요."

버스가 멈추며 대화는 갑작스럽게 끝이 났다. 거의 모든 승객이 재빨리 버스에서 내려 화장실로 달려가려 했지만, 중앙 문 바로 앞 좌석에 앉아 있던 샤프 자매가 방해가 되었다. 그녀들은 늘 그렇듯 천천히, 그리고 뒤로 물러나는 방식으로 하차하고 있었고, 그 뒤에 앉아 있던 사람들의 길을 막아버렸다. 하지만 주차장을 가로질러 50미터 떨어진 슈퍼마켓까지 가는 동안 다른 모든 승객이 자매를 거침없이 추월했다.

헤르트는 버스 옆에 서서 그 모습을 바라보며 중얼거렸다. "급하긴 급한 모양이네요."

그리고 그는 홀로 반대 방향인 주차장 끝 쪽으로 천천히 걸어가 체조를 했다. 아무도 없는 조용한 곳에서.

약 15분 후, 헤르트는 슈퍼에 들어가 트윅스 두 개와 다이어트 콜라 두 캔을 샀다. 그리고 화장실 앞에 아직도 줄 서 있는 사람을 세어보았다. 총 열네 명이었다.

"사람당 평균 소요 시간이 3분이라고 가정하면, 버스가 출발하기까지 앞으로 42분은 더 걸리겠군." 그는 조용히 중얼거리듯 계산했다.

버스가 다시 주차장을 빠져나갈 때, 헤르트는 시계를 확인했다. 딱 2분밖에 차이 나지 않았다.

"헤르트, 당신은 진짜 아는 게 많네요."

디디가 진심 어린 감탄을 담아 말했다.

"근데 오늘 어디로 가는지 알아요?"

그는 오늘 총 425킬로미터를 달릴 예정이며, 저녁에는 로포텐 제도의 스볼베르에 도착할 거라고 대답했다.

"오, 로포텐은 정말 아름답다고 들었어요!" 디디는 들뜬 목소리로 말했다.

헤르트는 시계를 확인한 뒤, 구글 지도를 열어 스볼베르까지 남은 거리를 확인했다. 그리고 잠시 계산한 뒤, 디디에게 말했다.

"아마 로포텐 풍경은 거의 못 볼 거예요. 마지막 1시간 30분은 해가 진 다음에 도착하거든요. 오늘도 여행 일정표보다 늦게 도착하겠네요."

그때 마틸데가 그의 어깨를 톡톡 쳤다.

"당신도… 추워요?"

"아니요."

"나는 뭐, 불평하려는 건 아닌데요." 마틸데가 투덜거렸다.

"히터가 한순간엔 너무 뜨겁고, 또 한순간엔 너무 차갑고. 정말 못 견디겠어요."

헤르트는 마틸데에게 이제 헤드폰을 쓸 거라고 알렸다. 하지만 소용없었다. 몇 분 후, 그녀는 다시 헤르트의 어깨를 툭 쳤다. 헤르트는 마지못해 헤드폰을 벗었다.

"혹시 나이프 가지고 있나요? 샌드위치에 버터를 좀 바르려고 하는데."

헤르트는 한숨을 쉬며 배낭에서 작은 접이식 칼을 꺼내 건넸다. 하지만 음악을 다시 틀 기회도 없이 마틸데가 또다시 입을 열었다.

"정말 끔찍한 건 뭔지 알아요? 버터가 엄청 딱딱한 거예요. 빵에 바르려다가 구멍 숭숭 뚫리게 만들죠. 그리고 또 싫은 건, 정육점에서 간을 사면 슬라이스마다 그 하얀 비닐 막 같은 거 있잖아요? 그거 떼어내기 정말 어렵거든요. 한번은 그걸 잘못 먹어서 거의 질식할 뻔했다니까요."

그 순간, 지금껏 아무 말도 하지 않던 그녀의 남편 스테판이 콧수염 너머로 갑자기 입을 열었다.

"진짜 끔찍한 게 뭔지 알아요?" 그러고는 스스로 대답했다.

“대량 학살. 그게 정말 끔찍하죠. 그리고… 아이들을 고문해서 죽이는 거.”

말을 마치자마자, 스테판은 다시 고개를 숙이고 책을 읽기 시작했다.

“하, 참, 또 이런 식이죠.”

마틸데가 비아냥거렸다. 그리고 헤르트에게 말했다.

“신경 쓰지 마세요. 자기가 제일 웃긴 사람인 줄 안다니까.”

헤르트는 몇 분 전부터 이미 분노가 폭발하기 직전이었다. 속에서 뭔가가 부글부글 끓어오르는 게 분명히 느껴졌다.

“제발 저를 좀 내버려두실래요?”

헤르트는 거의 애원하듯 마틸데에게 말했다. 마틸데는 코웃음을 치며 기분이 상한 듯 고개를 돌렸다.

★

눈부신 풍경이 헤르트의 마음을 조금씩 달래주었다. 높고 눈 덮인 산봉우리, 푸른빛이 나는 피오르, 물가를 따라 줄지어 있는 알록달록한 작은 집, 햇살과 멋진 구름 형상의 끊임없는 교차. 그 모습에 헤르트의 마음속에 남아 있던 오로라에 대한 분노가 조금씩 가라앉고 있었다. 스볼베르의 호텔에 도착하기 전, 마지막 화장실 및 사진 촬영 정차 시간에 그는 피오르 옆을 따라 짧게 산책을 즐겼다. 그 순간, 지는 해가 풍경 전체에 황금빛을 입혔다.

황홀한 자연 속에서 헤르트는 중얼거렸다.

"이건 내가 평생 본 것 중 가장 아름다운 풍경이야."

그는 이곳에 더 오래 머물고 싶었지만 사람들이 하나둘 버스로 돌아가는 모습을 보고, 돌아가야겠다는 생각이 들었다. 레오가 준 휴식 시간은 단 15분이었으니까. 잠깐, 헤르트는 망설였다. 그냥 계속 걸어볼까? 이곳에서 천천히 얼어 죽는다면 어떤 기분일까? 그는 생각했다. 언젠가 책에서 얼어 죽는 건 고통 없는 죽음이라고 본 적이 있었다. 물에 빠져 죽는 것도 그렇고.

하지만 그는 고개를 흔들어 생각을 털어냈다. 그리고 다시 버스를 향해 발걸음을 옮겼다.

자리에 앉으며 헤르트는 깊은 한숨을 내쉬었다.

"정말 아름답죠." 디디가 말했다.

헤르트는 고개를 끄덕였다.

"우린 진짜 날씨 운이 좋은 거예요."

그녀는 오늘만 해도 세 번째로 그렇게 말했다.

"아직은 그렇죠." 헤르트가 대답했다.

"아직은이라니?"

"내일이랑 모레는 많이 흐려질 거고, 그 이후엔 날씨가 완전히 안 좋아져요."

"어머… 정말요? 그건 어떻게 알아요?"

그는 자신의 휴대폰을 가리켰다.

"일기예보."

앞좌석에서 안티여 샤프가 실망스러운 목소리로 말했다.

"여태까지 에스키모도 못 봤고, 이글루도 없었어."

"거의 북극에 온 거나 마찬가지인데 말이야."

마틸데가 그 틈을 놓치지 않고 끼어들었다.

"요즘은 '에스키모'라고 부르면 안 되는 거 아시죠."

"누가 안 된대요?"

"에스키모들 본인이요."

"그럼 뭐라고 불러야 하는데요?"

"이누이트… 뭐 그런 식이었던 것 같아요."

"음, 내 주변에 하나도 안 보이면 그냥 에스키모라고 부를래요. 그런 이상한 이름은 기억도 못 해."

헤르트는 재빨리 헤드폰을 찾았다. 호텔까지 1시간 30분. 도착하면 방에 가서 잠깐이나마 조용한 시간을 가질 수 있을 것이다. 그 후에는 또 이 사람들과 함께 식사해야 하겠지만.

'존재하지도 않는 오로라를 보기 위해서 이 고생을 하다니.'
헤르트는 도저히 이해할 수 없는 듯 고개를 흔들었다. 디디가
그를 바라보며 입 모양으로 물었다.

"괜찮아, 헤르트?"

헤르트는 당장 어떤 대답이 가장 적절할지 판단이 서지 않
았다. 결국 그는 어깨를 한번 으쓱였다.

★

스볼베르, 로포텐 제도의 소도시. 실제로는 그냥 작은 마을
에 불과한 그곳의 스칸딕 호텔 앞에 버스가 도착했을 때는 이
미 깜깜한 밤이었다.

"또 한참 늦었어…" 헤르트는 힘없이 한숨을 내쉬며 말했다.

바다에서 똑바로 솟아오른 가파른 산, 빨간 어부의 집, 그리
고 형형색색의 어선이 정박해 있을 아담한 항구, 그러니까 여
행 안내서에서 약속한 그런 풍경은 아무것도 볼 수 없었다. 이
미 해가 진 지 1시간이 넘은 상황이었기 때문이다.

그는 이 여행을 하는 내내 홀로 아름답고 긴 산책을 할 기회
가 있기를 간절히 바랐지만, 단 한 번도 그런 기회를 얻지 못
했다. 그러나 뜻밖에도 레오가 그에게 배정해 준 방은 정말 멋

진 위치였다. 호텔 측면의 한쪽 끝, 1층 맨 끝방이었다. 방 안에는 큰 창문이 두 개 있었고, 하나는 항구를, 다른 하나는 바다를 향하고 있었다.

헤르트는 짐을 풀고 난 뒤, 잠깐 침대에 누웠다. 침대에 드러누운 채로도 두 개의 창을 통해 탁 트인 시야를 가질 수 있었다. 그는 곧장 일어나 침대를 창에 가깝게 밀었다. 그리고 불을 끄고 다시 누웠다. 이제 그는 양쪽 창을 통해 눈부신 별이 가득한 밤하늘을 볼 수 있었다. 하루 종일 이어졌던 고된 여정이 천천히 그의 몸에서 빠져나갔다. 지금까지 이렇게나 많은 별을 본 적이 있었던가 잠시 생각했다.

그렇게 30분쯤 지나고서 헤르트는 몸을 일으켰다. 낮에 거의 아무것도 먹지 않아서 배가 고팠기 때문에 어쩔 수 없이 식당에 가야 했다.

다행히도 그는 빈 테이블 하나를 발견하고는 깊이 안도했다. 그러나 그 안도감은 곧 심한 불편함으로 바뀌었다. 네 명의 암스테르담 사람들이 시끄러운 소리를 내며 그의 테이블로 와 앉았기 때문이다.

"헤르트, 이봐, 우리 얼룩이 친구! 다시 만나서 완전 반가워!"

로드니가 일부러 과장되게, 큰 소리로 말했다. 헤르트는 이

를 악물었다. 그러나 뜻밖에도 예상치 못한 곳에서 구원의 손
길이 왔다.

"로드니, 그만 좀 해. 그 얼룩이라는 말."

샤론이 날카롭게 말했다.

"그거 진짜 별로야."

"아니야, 샤론, 나 진짜 악의 없었어."

로드니가 황급히 해명하며, 곧장 헤르트를 향해 말했다.

"그치? 그, 이름이 뭐였더라…."

"제 이름은 헤르트예요."

"알았어, 알았어. 그럼 사과의 의미로 내가 한 잔 살게, 헤르
트. 뭐 마실래?"

"다이어트 콜라요."

로드니는 테이블 사람들에게 주문을 받고 바 쪽으로 사라
졌다. 그리고 몇 분 후, 신나게 얼굴을 밝힌 채 술이 가득 담긴
쟁반을 들고 돌아왔다.

"오늘 밤은 제대로 한잔해야겠어! 뷔페에 맥주 디스펜서
랑… 와인 디스펜서도 있어! 전부 공짜야!"

디르크는 노르웨이의 물가에 맞춰 술값을 계산해 보았다.
이 테이블만 해도 60유로라는 결론이 났다.

"그러니까 오늘 밤에 제대로 진탕 마시지 않으면 그건 지갑

에 대한 배신이야.”

“어이, 헤르트 씨! 그쪽도 조오금만 더 마시면, 콜라로도 하룻밤에 80유로어치는 때려 넣을 수 있겠는데?”

그 말에 여자들은 웃음을 터뜨렸다. 뭐가 그리 웃긴 건지 이해할 수 없던 헤르트는 트레이스와 샤론을 멍하니 바라보았다. 그 모습에 두 사람은 더 크게 웃었다.

헤르트는 아무 말 없이 자리에서 일어나 뷔페로 향했다. 전채 요리는 전부 건너뛰고, 접시에 구운 감자, 연어, 샐러드를 가득 담았다. 자리로 돌아와서는 가능한 한 빠르게 음식을 먹어 치우고 다이어트 콜라를 마신 뒤, 다시 뷔페로 향했다. 이번에는 접시에 치즈, 아이스크림, 케이크 한 조각을 담아서 그대로 식당을 빠져나와 객실로 향했다.

암스테르담 팀은 당황한 얼굴로 그를 바라보았다.

“우리가 말실수한 거 있어?” 샤론이 의아해했다.

★

헤르트는 방에서 평온하게 디저트를 즐기면서 앞으로도 자주 이래야겠다고 생각했다. 비록 이런 행동이 일반적이지 않을 수도 있지만.

그는 오늘의 기록을 정리했다. 오늘 하루 평균 이동 속도는 시속 47.4킬로미터였다. 버스는 이미 2,300킬로미터 넘게 좁은 왕복 이차선 도로를 달렸고, 시속 80킬로미터를 넘는 일은 거의 없었다. 여기에 자주, 그리고 오래 정차해야 했던 일까지 더하면, 평균 속도가 느린 것은 당연한 결과였다. 헤르트는 문득 깨달았다. 지금까지는 날씨도 좋고 도로 상태도 괜찮아서 그나마 이 정도였던 거지, 상황이 조금만 나빠져도 속도가 느려지면 느려졌지 이보다 빨라지긴 어렵다는 사실을.

헤르트는 창밖을 내다보았다. 작은 항구는 어둡지만 평화로워 보였다. 간간이 몇 개의 불빛만이 깜빡이고 있었다. 그는 짧은 야간 산책을 하기로 마음먹었다.

잠시 후, 헤르트는 텅 빈 거리와 조용한 부두를 따라 미니어처 같은 도시를 걷고 있었다. 레오 말로는 지금은 노르웨이의 관광 비수기라는데, 호텔의 투숙률을 봐도 알 수 있었다. 지금까지 머문 네 곳 중 세 곳의 호텔에서는 그들 일행이 유일한 손님이었다. 헤르트의 기준에서는 지금보다 더 비수기여도 좋았다. 사람이 없고, 차도 없는 거리가 편안했다.

헤르트는 오로라를 볼 수 있다는 희망을 완전히 버리지 않았다. 트롬쇠에서는 하늘이 그렇게 아름답게 빛났다는데 불과 250킬로미터 남쪽으로 떨어진 이곳에서는 왜 그렇지 않은 것

일까? 얼마 전 네덜란드의 플리란트 지방에서도 오로라가 관측됐다는 뉴스가 있었다.

헤르트는 걷는 내내, 시선을 거리와 하늘에 번갈아 두었지만 헛수고였다. 보이는 건 별뿐이었다. 1시간 30분을 그렇게 방황한 끝에, 헤르트는 또다시 실망과 얼어붙은 몸을 끌고 방으로 돌아왔다. 그는 잠옷을 갈아입고, 이를 닦고, 이불 속으로 몸을 집어넣었다. 커튼은 열어둔 채였고, 안경도 그대로 쓰고 있었다. 하늘을 오래 바라볼수록, 점점 더 많은 별이 보였다.

꿈에서 레오가 버스를 사우나 정문 앞에 세워두었다.

"모두 내리세요. 샤프 자매님들도요. 수건 잊지 마시고요." 그가 명령하듯 말했다.

승객 전원이 말없이 버스에서 내려 김이 자욱한 커다란 방으로 들어갔다. 안에는 나무 벤치가 줄지어 있었다.

"옷 벗으세요."

확성기를 통해 목소리가 울려 퍼졌고, 모두가 옷을 벗기 시작했다. 헤르트는 망설였다.

"푸트만스 씨도요."

헤르트는 아주 천천히 신발과 양말을 벗었다. 주위에는 벌거벗은 사람들이 가득했다. 그때 샤프 자매가 다가오더니 크고 주름지고 땀에 젖은 가슴을 헤르트의 몸에 눌러댔다. 헤르트는 비명을 지르고 싶었지만 입에서 나온 건 소리 대신 입김뿐이었다.

온몸이 땀에 젖은 헤르트가 깜짝 놀라 잠에서 깼다. 무엇이 그를 깨운 건지는 알 수 없지만, 눈을 떴을 때는 여전히 꿈을 꾸고 있다고 생각했다. 창밖으로 평생 본 것 중 가장 아름다운 하늘이 펼쳐져 있었기 때문이다. 짙푸른 밤하늘을 배경으로 거대한 물결처럼 춤추는 초록빛과 파란빛 그리고 노란빛이 출렁이고 있었다. 헤르트는 숨소리조차 내지 못하고 침대에 꼼짝도 하지 않은 채 누워 있었다. 그렇게 몇 분 동안이나 숨을 죽인 채 하늘을 올려다보았다. 가끔씩 눈가에 맺힌 눈물을 살짝 깜빡이며 떨궜다. 그는 이토록 아름다운 광경을 단 한 번도 본 적이 없었고, 심지어 상상조차 해본 적이 없었다.

15분쯤 지나자 오로라는 아주 천천히 희미해지기 시작했고, 20분이 지나자 그 흔적마저 완전히 사라졌다. 헤르트는 한참을 더 깨어 있었다. 오로라는 다시 나타나지 않았지만 그럼에도 그는 깊고 진한 만족감에 잠겨 마침내 스르르 잠에 들었다.

헤르트는 이번에도 아침 식사를 방에서 해결했다. 빵 두 개와 차 한 잔.

오로라의 여운을 조용히, 천천히 음미했다. 그간의 긴장이 풀리며 안도감과 만족감이 찾아왔다. 지고 있던 짐을 내려둔 것 같았다. 이 모든 고생과 인내가 헛되지 않았다. 이제는 남은 며칠의 여행을 잘 마무리하면 되는 일이었다.

헤르트는 다른 사람들도 오로라를 봤을지 궁금했다. 마음 속 깊은 곳에서는 다들 못 봤기를 은근히 바랐다. 물론, 그게 착한 마음이 아니라는 건 알았다. 어머니는 늘 남이 누릴 것을 탐내거나 빼앗으려 해서는 안 된다고 가르치셨다.

그날 아침, 버스는 8시에 출발했다. 그날은 일정이 바빴다. 총 440킬로미터를 이동해야 했고, 로포텐 제도에서 본토로 가기 위해 페리를 타는 일정도 있었다.

버스에 오를 때, 다른 여행객들에게서 특별한 기색이 느껴지지 않았다. 만약 누군가 어젯밤 오로라를 봤다면, 분명 그걸 갖가지 표현으로 자랑했을 터였다. 적어도 다른 사람들을 질투하게 만들고 싶어서라도 말이다. 하지만 지금 버스 안에는 졸음이 가득한 평온함만이 흘렀다.

헤르트는 오늘 하루만큼은 옆자리에 앉을 사람에게 창가 자리를 양보하지 않기로 마음먹었지만, 성공하지 못했다. 안네미가 버스에 오르자마자 창가 쪽에 앉아도 되느냐고 물었다. 헤르트는 한참을 망설였지만, 결국 거절할 수 없다는 걸 알았다.

그들은 이제 두 번째 줄까지 자리를 옮긴 상태였다. 통로 건너편, 오늘 그의 이웃은 동커르슬로트였다. 헤르트는 그를 여행 첫날 한동안 실종됐던 부부 중 남편으로 기억하고 있었다. 버스가 아직 출발도 하기 전, 헤르트가 자리에 앉은 지 얼마 되지도 않아 동커르슬로트는 이미 말이 많다는 것을 드러냈다.

"헤르트, 혹시 뱃멀미는 안 하지?"

헤르트는 의아한 눈으로 그를 바라보았다.

"제 이름이 헤르트인 건 어떻게 아셨어요?"

"나? 사설탐정이야."

남자는 자기 농담에 스스로 크게 웃었다.

"아니, 농담이야. 디디가 우리한테 얘기해 줬어. 나는 피터, 내 아내는 산드라라고 해."

산드라는 몸을 앞으로 살짝 기울이며 헤르트에게 다정하게 손을 흔들었다. 헤르트는 어색하게 손을 들어 인사를 받아 줬다.

'뱃멀미 얘기에 뭐라도 대답해야 하나…' 헤르트는 잠깐 고민했지만, 피터는 이미 새로운 대화거리를 찾았다.

"그런데, 내 생각엔 우리 예전에 어딘가에서 본 적 있는 것 같아."

헤르트는 고개를 저었다. "아뇨, 전 그런 기억 없습니다."

"혹시 철도청에서 일한 적 있어? 거기서 봤나?"

"아뇨, 저 기차는 거의 안 타요."

"그럼 베이직 핏?* 거기서 본 거 아냐?"

"거기도 한 번도 안 가봤어요."

"고향이 어딘데, 헤르트?"

"베베르베이크요."

"아니네, 거긴 너무 멀어. 우린 아펠도른에서 왔거든. 이상

---

* 네덜란드의 헬스장 이름

하네. 분명 어딘가에서 본 기억이 있는데.”

그는 아내를 쿡 찔렀다.

“산, 당신도 좀 봐줘. 헤르트 낯익지 않아?”

산드라는 다시 몸을 앞으로 숙이고 헤르트를 바라보더니, 미소 지으며 고개를 저었다.

“유감스럽게도… 아닌 것 같아요.”

헤르트는 이 상황이 왜 유감스러운지 이해할 수 없었다. 게다가 점점 불안해지기 시작했다.

헤르트는 헤드폰을 꺼내 쓰기로 했다. 그런데 헤드폰의 배터리가 거의 다 닳아 있었다. 어젯밤에 충전하는 걸 잊어버린 것이다. 게다가 이 버스에는 충전 포트도 없었다. 얼추 계산을 해보니 약 30분 정도 음악을 들을 수 있을 것 같았다. 다음 휴게소에서 충전할 수 있다면 다행이지만, 거기까지는 2시간 이상 걸릴 수도 있었다. 헤르트는 헤드폰을 아껴두기로 했다. 지금 쓰기에는 아깝다. 나중에 더 절실할 때가 오겠지.

“헤르트, 혹시 게임 좋아해?”

피터는 멈출 줄 몰랐고, 자랑스럽게 자신의 휴대폰을 흔들었다. 헤르트는 무슨 말인지 몰라 어리둥절하게 바라봤다.

“로열 매치 몰라?”

헤르트는 모른다며 고개를 저었다. 피터는 다시 휴대폰을 들이밀며 말했다.

"레벨 339야. 얼마나 걸렸는지는 묻지 마."

헤르트는 정말 묻지 않기로 했다. 하지만 피터는 자기가 알아서 말해버렸다.

"3개월."

헤르트는 생각했다. '조금이라도 관심을 보이면 대화가 빨리 끝날지도 몰라.' 전혀 궁금하지 않았지만 물어보았다.

"거기서 뭐라도 얻을 수 있습니까? 상금 같은 거?"

"아니. 그냥 시간 때우는 거지. 난 재밌더라고."

"아, 그럼… 레벨 340도 잘 해보세요."

"고마워."

다행히도 피터는 다시 휴대폰 화면에 집중했다. 헤르트는 옆눈으로 그를 한 번 더 힐끗 바라보았다. 레벨 339로 기쁨을 느낄 수 있는 인간의 뇌 구조가 참으로 불가사의했다.

헤르트는 휴대폰을 꺼내 날씨 앱을 열었다. 걱정스러워졌다. 그때 안네미가 헤르트의 팔에 살짝 손을 얹으며 말했다.

"디디한테 들었어요. 어머님이 돌아가셨다고요…. 고인의 명복을 빌게요."

헤르트는 팔을 살짝, 빠르게 빼며 대답했다.

"고마워요."

"사실… 남자 친구와 이 여행을 같이 오려고 했어요. 하지만 6주 전에 저를 떠났죠."

헤르트는 눈썹을 찡그렸다. '내게 이런 말을 하는 이유가 뭐지?' 속으로 생각했다.

"그래도 다행히 여행비는 다 내놓고 갔어요. 두 명분이요." 안네미가 씁쓸한 미소를 지으며 말했다.

"그건 뭐… 불행 중 다행이네요."

헤르트가 대답했다. 그리고 어쩌면 개인적인 질문 하나쯤은 괜찮을지도 모른다고 생각했다.

"그분… 많이 그리우세요?"

안네미는 몇 번이나 힘겹게 침을 삼킨 뒤, 간신히 "네…"라고 대답했다. 그녀의 뺨을 따라 조용히 눈물 한 줄기가 흘렀다. 헤르트는 어쩔 줄을 몰랐다. 왜 또 나한테 이런 일이 벌어지는 거지?

문득 어릴 적 기억이 떠올랐다. 어린 시절 학교에서 울면서 돌아온 회르트에게 어머니가 해주었던 말이다. 헤르트는 조심스럽게 옆에 앉은 안네미를 바라보며, 어깨에 손을 얹을 듯 말 듯 가까이 댄 채 말했다.

"당신의 눈물은… 다이아몬드보다 더 아름다워요."

안네미는 잠시 당황한 듯했지만, 이내 그 말이 너무나 따뜻한 것 같다고 말했다.

더 이상 할 말이 없던 헤르트는 이 아침의 극도로 소모적인 사회적 교류를 마무리 짓기 위해 남은 몇 분의 음악을 듣기로 하고 헤드폰을 썼다.

그러다 문득 기발한 생각이 떠올랐다. 그래, 설령 음악이 끝나더라도 헤드폰은 계속 쓰고 있으면 돼. 사람들은 음악이 안 나오는 걸 모르잖아. 그러면 말을 걸지 않겠지.

★

첫 번째 커피 마실 시간과 화장실에 들르기 위한 시간에 헤르트는 일부러 모두가 다 내릴 때까지 기다렸다가 조용히 레오에게 다가갔다.

"레오님, 잠깐 방해해도 될까요?"

"물론이죠, 푸트만스 씨. 말씀해 보세요."

"혹시 앞으로의 일기예보 보셨나요?"

"봤죠. 왜요?"

"날씨가 안 좋아질 거라 하던데요. 그런데 지금까지 날씨가 좋은 편이었는데도 우리는 매일 호텔에 너무 늦게 도착하고 있잖아요….”

“너무 늦다니요, 너무 늦다니요.”

레오가 말을 끊으며 말했다.

“그렇게 말하고 싶진 않네요. 우리는 그저… 그… 조금 더 느긋한 속도를 택하고 있는 거죠. 하지만 푸트만스씨 말도 맞아요. 여행 일정표는 좀… 음… 낙관적이긴 하죠.”

“그리고 벌써 나흘째 실제 이동한 거리와 맞지도 않고요.” 헤르트가 덧붙였다.

레오는 향후 일기예보를 더 꼼꼼히 챙겨보겠다고 약속하며, 너무 걱정하지 말라는 당부도 잊지 않았다. 그러나 헤르트는 여전히 걱정됐다.

버스가 다시 출발했을 때 헤르트는 깜짝 놀랐다. 피터와 산드라가 자리를 바꿔 앉은 것이다. 이제 산드라가 그의 바로 옆에 앉아 있었다. 헤르트는 서둘러 헤드폰을 쓰려고 했지만 그보다 먼저 산드라가 입을 열었다.

“헤르트, 이렇게 얘기 나눌 수 있어서 반가워요. 이번 여행, 지금까지는 어떠셨어요?”

헤르트의 머리가 빠르게 회전하기 시작했다. 솔직하게 말할까? 사람들이 가득 탄 버스를 정말 못 견디겠고, 특히 계속 늦게 도착하는 버스는 더더욱 싫다고? 그게 정직하겠지만, 그 뒤에 이어질 긴 대화가 끔찍하게 느껴졌다.

그래, 그냥 긍정적인 대답이 낫겠어.

"아주 좋아요."

산드라는 고개를 끄덕이며 그를 바라보았다. '그게 다야?'라는 표정이 역력했고, 뭔가 더 끌어내려는 눈치였다.

"그런데 헤르트는 무슨 일 하세요?"

그녀는 아무렇지도 않게 물었다.

"저는… 실업자입니다."

"아, 그렇군요. 전 전업주부예요. 많은 사람이 그게 실업이랑 다를 게 없다고 하더라고요." 산드라는 웃으며 말했다. "제 남편은 일종의 부동산 중개업자고요. 전 뭐 하냐고요? 그 사람 돈 쓰는 일을 하죠."

산드라가 다시 한번 웃었다. 헤르트는 조용히 배낭을 뒤적이며 헤드폰을 찾았다.

"근데 사실 제 남편은 작가예요."

산드라는 의미심장하게 눈을 굴렸다.

"그럼 무슨 책 쓰셨어요?"

이번에는 안네미가 대화에 끼어들었다. 옆에서 조용히 듣고 있었던 모양이다.

“아직은 아무것도요. 아이디어는 많은데, 뭐랄까… 작가의 슬럼프? 그런 거 있잖아요?”

“그거 정말 답답하겠네요.”

안네미가 고개를 끄덕이며 말했다. 다행히도 대화는 그녀가 이어받았다. 그 순간, 헤르트는 드디어 헤드폰을 찾아냈다.

산드라는 안네미 쪽으로 살짝 몸을 더 기울이며 속삭이듯 말했다.

“사실 그이가 이번 여행을 소재로 책을 쓰고 싶어 해요. 그거 멋지지 않아요?”

안네미는 그 이야기가 정말 멋진 계획처럼 느껴졌는지, 활짝 웃으며 자신도 그 책에 등장하면 좋겠다고 말했다. 헤르트는 대답 대신 음악 볼륨을 더 높였다. 그리고 속으로 간절히 바랐다. 제발 헤드폰 배터리가 조금만 더 버텨주길.

하지만 버스가 출발한 지 얼마 되지 않아 음악을 뚫고 레오의 흥분된 목소리가 들렸다. 헤르트는 아쉬운 마음으로 음악을 껐다.

“오오오, 모두 주목해 주세요! 왼쪽, 왼쪽, 버스 왼쪽 전방, 엘크와 새끼 엘크입니다.”

숲 가장자리에서 약 50미터 떨어진 버스 옆 풀밭에 큰 엘크 한 마리와 작은 엘크 한 마리가 함께 걷고 있었다.

레오는 속도를 줄였고, 순식간에 버스 안 여기저기에서 휴대폰과 카메라들이 튀어나왔다. 오른쪽에 앉은 승객들이 전부 통로로 몰려나와 아무렇게나 셔터를 눌러댔다.

"오오오, 너무 귀여워!"

헤르트 앞에 앉아 있던 안티여가 외쳤다.

"아기 엘크야!"

"그건 '송아지(kalf)'라고 해."

"하지만 엘크는 소가 아니잖아?"

"그래도 그렇게 부른다니까."

잠시 자리를 지키던 어미 엘크와 새끼는 곧 숲속으로 사라졌다.

안네미는 자기 휴대폰에서 사진을 되돌려 보며 기쁜 듯이 외쳤다. "찍었어! 완전 잘 나왔어!" 그러고는 헤르트에게 화면을 내밀었다.

"봐봐, 여기 있어요!"

"저 두 개의 점 말씀이세요?"

헤르트는 아무 악의 없이 되물었다. 안네미는 순간 실망한 듯한 표정을 지었고, 그때 산드라도 들뜬 얼굴로 자신의 휴대폰을 헤르트의 코앞에 내밀었다.

"봐봐요, 너무 귀엽죠?"

화면에는 안네미의 것보다 더 작은 점이 보였다. 약간 흔들리기까지 했다. 하지만 헤르트는 고개를 끄덕였다.

"그러게요."

★

점심 식사를 하려고 멈출 때마다, 레오는 작은 장사를 꽤 잘하고 있었다. 여행자들 중 상당수는 값비싼 휴게소 대신 저렴한 가격에 커피, 차, 수프, 음료를 제공하는 레오의 '버스바'를 선호했다. 휴게소는 대개 가격에 투덜거리며 한 바퀴 돌아보거나 화장실만 이용하는 용도였다.

사람들은 버스로 돌아와 아침에 몰래 챙겨온 빵을 꺼내 먹으며, 레오에게 음료를 주문하곤 했다. 하지만 오늘 레오는 약간 유감스러운 소식을 전했다.

"지금 남아 있는 컵 수프는 치킨 맛뿐이에요. 중국식 토마토 맛이랑 버섯 맛은 다 떨어졌습니다."

그는 컵 수프가 이렇게까지 인기 있을 줄은 몰랐다며, 미처 준비가 부족했던 부분에 대해 사과했다.

헤르트는 여행 넷째 날부터 버스 안에서 판매된 소비 항목을 매우 정확하게 집계해 왔고, 그 모든 숫자는 그의 노트에

꼼꼼히 기록되어 있었다.

커피와 차 51잔

탄산음료 23캔

컵 수프 30개

미니 와인 8병(1병에 2장의 쿠폰 사용)

맥주 12캔(이것도 각 1캔에 2장의 쿠폰 사용)

소비 쿠폰 한 장은 1유로 50센트. 헤르트는 원가는 알 수 없어 추정해야 했다. 계산을 마친 그는 결론을 내렸다. 레오는 하루 평균 약 115유로의 이익을 내고 있었고, 총 10일간의 육상 이동 일정 중 판매를 했으니, 총수익은 약 1,150유로에 팁까지. 전부 현금이라고 헤르트는 결론 내렸다. 세금도 내지 않을 테고. 그 생각에 헤르트는 회계사 출신의 본능이 들썩거렸다.

안네미가 그의 어깨를 툭툭 쳤다. 헤르트는 헤드폰을 벗었다.

"오늘은 아직 어디로 가는지 안 물어봤네요."

그녀가 웃으며 말했다.

"모이 라나로 가요. 오늘은 440킬로 달려야 해요. 그리고…

그냥 말해도 돼요. 헤드폰이 작동하지 않거든요. 배터리가 없어요.”

“근데… 그럼 왜 쓰고 있어요?” 안네미가 어리둥절해하며 물었다.

“그래야… 사람들이 말을 안 걸거든요.”

“혹시 나도 그 사람들에 포함이에요?”

헤르트는 잠깐 생각했다.

“아뇨, 당신들 셋은 내 옆자리니까.”

안네미는 헤르트를 애정 어린 눈빛으로 바라보며 말했다.

“고마워요. 나… 조금은 특별한 사람이 된 것 같아요.”

그날 저녁, 버스가 호텔 앞에 멈췄을 때 헤르트는 시간을 확인했다. 거의 정시에 도착한 것이었다. 레오는 안내 방송을 했다. 이번 호텔에는 식당이 없으므로, 45분 후에 도보로 약 10분 거리의 레스토랑으로 함께 이동할 예정이라는 것이다. 헤르트 앞자리에 앉아 있던 샤프 자매는 정확히 동시에 말했다.

“설마… 또 걸어야 해?”

레오는 그들과 불과 1미터 떨어진 곳에 있었기 때문에 그 불만을 모를 리 없었다. 그는 다정한 미소를 지으며 고개를 끄덕였다.

헤르트가 버스에서 내리려 할 때, 레오가 그를 잠시 붙잡
았다.

"잠깐만요, 푸트만스 씨. 여쭤볼 게 있어요."

그는 대답도 듣지 않고 이어 말했다.

"이따 레스토랑으로 이동할 때, 맨 뒤에서 따라가 주시겠
어요? 혹시라도 누가 떨어지지 않게요."

그는 몇 미터 떨어진 곳에서 안티여의 보행 보조기가 트렁
크에서 내려지기를 기다리고 있는 사프 자매를 쳐다보며 고
개를 끄덕였다.

헤르트는 잠시 생각에 잠겼다. '이게 무슨 역할을 의미하는
거지?' 그러곤 말했다.

"좋습니다."

약 1시간 후, 헤르트는 텅 빈 모이 라나의 중심가를 샤프 자
매 뒤에서 극도로 느린 속도로 걷고 있었다. 40명의 여행객 중
가장 앞줄은 벌써 저 멀리 모퉁이 너머로 사라지고 있었다.

"이거… 10분보다 훨씬 길게 걷는 거 아니야?"

노르가 투덜댔다. 헤르트는 시계를 확인했다.

"지금 6분째 걷고 있어요."

노르가 뒤를 돌아보며 말했다.

"우릴 굳이 돌볼 필요 없어요, 알겠죠?"

"저는 돌보는 게 아니라." 헤르트가 담담히 말했다. "그냥 맨 뒤에 남아서 아무도 길을 잃지 않게 하는 거예요."

노르는 모욕당한 듯 코웃음을 쳤다.

헤르트가 식당에 마지막으로 들어섰을 때는 딱 세 자리만 남아 있었다.

그는 일찍이 알아차렸다. 부부들은 언제나 어디에서나 나란히 앉는다는 사실을. 버스 안에서도, 레스토랑에서도, 심지어 잠깐 쉬는 휴게소에서도 그랬다.

며칠 전, 저녁 식사 자리에서 헤르트는 자기 양옆 좌석을 비워두고 앉은 적이 있었다. 그날은 정확히 40인분의 자리가 세팅된 날이었다. 가장 마지막에 들어온 사람들은 입술을 오므린 부인과 그녀의 남편이었다. 그들은 식당 안을 두리번거리다 헤르트 뒤에 섰다.

남편이 헛기침을 한 번 했다. 헤르트는 뒤를 힐끗 돌아봤지만, 자신이 무슨 잘못을 했는지 몰라 가만히 있었다. 그러자 그 남편은 조금 더 크게 헛기침을 했다. 그가 다시 돌아보았고, 이번에는 부인이 손가락으로 그의 양옆 빈자리를 가리켰다. 헤르트가 자리를 내려다보며 말했다.

"네, 비어 있어요."

그러자 남편이 대답했다.

"제 아내가 말하는 건… 당신이 한 자리 옆으로 좀 옮겨 앉을 수 있겠냐는 겁니다."

헤르트는 그때까지도 상황을 완전히 이해하지 못하고 있었다.

"우린 나란히 앉고 싶거든요."

오므린 입술의 부인이 약간 멋쩍은 듯 말했다.

"그럼 어느 쪽으로 나란히 앉고 싶으세요?"

헤르트가 물었다. 그는 아무 쪽이나 괜찮았다.

그날 이후로 식탁 자리가 빠듯한 경우 헤르트는 세 친구들, 즉 안네미와 그녀의 주위에 모인 여성들과 함께 앉게 되었고, 그게 전혀 불쾌하게 느껴지지 않았다. 그날 저녁도 그랬다. 그가 막 앉은 참이었는데, 문득 뭔가가 떠올랐다. 헤르트는 자리에서 일어나 식당 구석에 혼자 앉아 우유 한 잔을 앞에 두고 핸드폰을 들여다보고 있던 레오에게 다가갔다.

"운전사님, 돌아가는 길에도 제가 또 맨 뒤에 서야 하나요?"

레오는 고개를 들어 그를 바라봤다.

"음, 푸트만스 씨, 그렇게 해주신다면 정말 감사하죠."

다음 날 아침, 버스가 막 출발하려는 찰나, 롭 스팁호르스트의 말 없는 아내가 조용히 레오에게 다가왔다.

"운전사님, 제 비닐봉지 어디 갔는지 아세요?"

"어떤 봉지 말씀인가요, 스팁호르스트 부인?"

"흰색 비닐봉지요. 제 자리에, 복도 쪽 의자 등받이에 걸려 있던 거요."

"아, 그거요? 혹시 쓰레기 봉지 말씀하시는 건가요?"

"거기에 제 물건들이 들어 있었어요."

레오는 깜짝 놀란 표정을 지었다.

"어떤 물건들이요?"

"크리스마스 장식을 만들려고 모아둔 것들이에요."

스팁호르스트 부인이 단호하게 말했다.

"죄송하지만." 레오가 말했다. "어젯밤에 쓰레기 봉지들을 전부 치우고, 새 걸로 바꿨습니다."

"그 안에 뭐가 들었는지 보지도 않고 버려요?"

"어… 항상 그렇지만은 않지만, 꼭 다 열어보진 않죠."

그녀가 믿기지 않는다는 듯 되물으며 이 설명을 납득할 수 없다는 표정을 지었다. 하지만 레오는 여전히 침착했다.

"정말 죄송합니다. 그런 물건이 들어 있을 거라고는 전혀 생각도 못 했어요."

"죄송하다고 해서 뭐가 달라져요? 이제 전 처음부터 다시 시작해야 한다고요."

"제가 도와드릴게요." 미케가 나섰다. "뭘 찾아야 하나요?"

"크리스마스 장식에 쓸 물건들이요."

"혹시 다른 사람들 것과 혼동되지 않게 개인 비닐봉지를 쓰시면 어때요?"

레오가 제안했다.

"저는 비닐봉지가 없는데요."

이쯤 되자 레오의 인내심도 눈에 띄게 흔들리기 시작했다. 그는 깊게 숨을 들이쉬었다.

헤르트는 속으로 생각했다. '지금 저 사람, 아마 비닐봉지를 저 여자 입에 쑤셔 넣고 싶을지도 몰라.'

하지만 레오는 고개를 끄덕였다.

"알겠습니다, 스틸호르스트 부인. 개인용 봉지 하나 드릴게요. 하지만 지금은 먼저 운전부터 하겠습니다.”

그는 운전석에 앉아 시동을 걸었고, 마이크에서 잡음이 찌직하고 울렸다.

“안녕하세요, 여러분. 오늘도 모두 제시간에 와주셔서 감사합니다. 오늘은 트론헤임까지 이동하며, 아름다운 풍경이 펼쳐질 예정입니다.”

헤르트는 고개를 끄덕이며, 오늘의 이웃인 미케에게 말했다.

“오늘은 여행 중 두 번째로 긴 구간이에요. 총 480킬로미터입니다.”

레오는 오늘 일정이 길기 때문에 이동 중 시간 낭비를 최소화하겠다고 안내했다. 왜냐하면 오후 늦게 트론헤임에서 가이드와 함께 걷는 도보 투어가 예정되어 있었기 때문이다.

“아, 또 걷는 거야?”

헤르트는 고개를 돌려 이번에는 자리를 바꿔 바로 뒤에 앉은 샤프 자매를 보았다.

“오늘은 뒤에서 따라갈 수 없어요. 시내 투어에는 참여하지 않을 거거든요.” 헤르트가 말했다.

“우리도 버스에 남을 거예요.” 노르가 단호하게 말했다.

이날, 미케와 헤르트는 버스 맨 앞자리, 말하자면 ‘명예석’에 앉아 있었다. 헤르트는 창가 자리를 선점했고, 미케는 아무 말 없이 통로 쪽에 앉았다.

"날이 흐려서 아쉽네요." 그녀가 말했다.

헤르트는 날씨 앱을 다시 확인했다. 오늘은 약한 눈발, 내일은 폭설이 예보되어 있다고 전했다. '폭설' 부분은 일부러 조금 더 크게 말했다. 그러자 레오가 고개를 돌려 그를 한 번 바라보더니 엄지손가락을 치켜들었다.

"걱정 마세요, 푸트만스 씨. 우리가 다 체크하고 있어요."

헤르트는 속으로 생각했다. 그게 얼마나 도움이 될까.

통로 건너편에는 롭과 그의 말 없는 아내가 앉아 있었고, 롭은 미케에게 스칸디나비아 요리에 대한 얘기를 꺼내며 말을 붙였다.

"어제 식당 괜찮았지. 근데 감자가 좀 차더라고. 사람이 마흔 명이나 되니까, 마지막에 받으면 다 식어 있어. 그래도 뭐, 맛은 괜찮았어."

"맞아요." 미케가 맞장구쳤다.

"처음엔 매일 연어만 나올 줄 알았는데, 제가 연어를 별로 안 좋아해서 걱정했거든요. 근데 막상 부드럽고 미지근한 슈니첼 같은 게 나오면 괜찮더라고요."

"어, 난 오히려 연어 좋아하는데." 롭이 덧붙였다.

헤르트는 이쯤에서 완전히 충전된 헤드폰을 조용히 머리에 얹었다. 아무 목적 없는 대화가 이어지고 있다는 건 충분히 알 수 있었고, 그는 버스 맨 앞창을 통해 보이는 풍경에 집중하고 싶었다. 다른 창문들은 어둡게 선팅 처리되어 있었지만, 이 앞 유리만은 맑고 투명해서 색감도 밝고 풍경도 선명했다. 만약 일기예보만 아니었다면, 이 여행의 마지막 며칠을 비교적 안심하며 보낼 수 있었을지도 모른다.

레오가 마이크를 다시 잡았다.

"자, 여러분. 잠깐 짧은 휴식을 가질게요. 한 20분쯤. 그동안 제가 얼른 신선한 커피 한 잔 내려놓고요…."

그는 잠시 말을 끊고, 약간의 긴장감을 유도한 뒤, 계속해서 말했다.

"그리고 새로운 컵 수프가 들어왔습니다! 토마토, 채소 그리고 버섯 맛! 진짜 노르웨이 컵 수프!"

작은 환호가 퍼졌다. 헤르트는 고개를 살짝 저으며 중얼거렸다.

"고작 컵 수프에 환호하다니…."

"뭐라고 했어요, 헤르트?" 미케가 물었다.

"사람들이 컵 수프에 환호하잖아요."

"당신 영 기운이 없어 보이네요."

"기운이 아니라 어머니가 없죠."

미케는 화들짝 놀라며 고개를 들었다.

"아… 미안해요, 헤르트. 그냥 기운이 없어 보인다는 말이었지, 어머님 이야기를 하려던 건 아니에요."

"그렇겠죠."

헤르트는 짧게 대답했다. 컵 수프에서 돌아가신 어머니라니, 대화의 전개가 너무 급작스러웠다. 그때 붉은 머리 여자가 복도를 따라 앞으로 걸어왔다. 그녀는 레오가 도우 에흐버르츠*의 레드 라벨 커피를 내리는 걸 보고는 물었다.

"혹시… 그 쿠폰을 받아 가도 될까요? 블로커**에서 무선 청소기를 받으려고 모으고 있는데, 아직도 2만 5,000포인트가 부족하거든요."

안타깝게도 레오는 그녀를 실망시켜야만 했다. 이미 자신의 어머니에게 쿠폰을 주기로 했기 때문이다. 여자는 실망한 얼굴로 조용히 돌아섰다.

---

* 네덜란드의 대중적인 커피 브랜드

** 종합 물품 매장으로 제품을 사고 쿠폰을 모으면 물건과 교환이 가능하다.

버스가 트론헤임에 진입할 때 납빛 회색의 하늘에서 눈송이 몇 개가 흩날리기 시작했다.

호텔로 가기 전, 레오가 설명했던 것처럼 가이드와 함께 '중세 시대 노르웨이 왕의 도시였던' 구시가지를 돌아보는 투어가 예정돼 있었다.

"고풍스러운 창고 건물들 사이를 걷고, 유명한 니다로스 대성당을 방문할 수 있는 아주 뜻깊은 시간이 될 거예요!"

그는 버스 안의 분위기를 띄워보려 애썼다.

"그 산책 얼마나 걸려요?"

버스 뒷자리에서 누군가 외쳤다. 레오는 대답했다.

"무료 음료 포함해서 약 1시간 30분 정도 걸릴 예정입니다."

"그건 샤프 자매가 안 따라올 때 얘기고, 같이 가면 내일 오후쯤에나 돌아오겠네."

암스테르담 출신 디르크가 버스 안을 울리며 소리쳤다. 버스 안에는 웃음이 퍼졌지만, 노르와 안티여는 전혀 웃지 않았다.

'무료 음료'라는 말에 망설이던 몇몇 사람들이 마음을 바꿔 도보 투어에 참가하기로 했다. 결국 열두 명은 버스에 남았고, 스물일곱 명은 가이드와 함께 유명한 대성당 앞 광장에서 모여 출발했다. 단 한 명만은 혼자 산책을 하기로 결심했다. 바로 헤르트였다. 그는 가이드가 어느 방향으로 가는지 잠시 지켜보다가, 반대 방향으로 걸음을 옮겼다. 안네미만이 그를 힐끔 돌아보며 손짓으로 불러봤지만, 헤르트는 이미 보이지 않았다.

그는 안도의 한숨을 내쉬며 혼잣말을 했다.

"이게 고작 1시간 30분밖에 안 된다는 게 아쉽네…"

그는 광장 한쪽에 놓인 도시 지도를 유심히 들여다본 뒤, 돔 교회를 한 바퀴 돌았다. 그다음에는 오래된 성벽을 따라 걸었고, 이어 다리를 건너 수백 년 된 목조 창고가 늘어선 항구 지구로 향했다. 거리의 고요함이 좋았다. 어디든 마음 가는 대로 갈 수 있는 자유도 좋았다. 약 45분쯤 걸은 끝에, 헤르트는 버스 근처 카페에서 다이어트 콜라 한 잔을 마시기로 마음먹었다.

처음 카페 세 곳은 머뭇거리며 그냥 지나쳤다. 너무 어둡거나, 너무 밝거나, 너무 한산하거나, 너무 붐볐기 때문이었다. 버스로 돌아가기 전까지는 이제 선택지가 얼마 남지 않았다. 시계를 보니 30분이 남아 있었다. 그때, 거리 모퉁이에서 아이리시 펍 하나가 눈에 띄었다. 한 번도 가본 적 없는 곳이었다. 헤르트는 잠시 망설였다. 그러다 깊게 숨을 들이쉬고, 갈색 나무 인테리어의 펍 안으로 발을 들였다.

잠시 후, 헤르트는 다이어트 콜라 한 잔을 앞에 두고 작은 테이블에 앉아 있었다. 작은 무대 위에서는 수염 난 남자가 기타를 들고 노래를 부르고 있었다. 그는 맑고 깊은 목소리로 아름다운 아일랜드 민요를 부르고 있었다. 어느덧 주변 풍경이 사라지고, 오직 음악만이 존재했다. 그렇게 30분 동안 헤르트는 행복을 만끽했다. 그러다 문득 정신이 들어 시계를 확인하고, 버스로 돌아가야 할 시간이 5분이나 지났다는 걸 깨달았다. 태어나서 처음 있는 일이었다.

헤르트는 허겁지겁 자리에서 일어나 재빨리 외투를 걸치고 출입문으로 향하다 문턱에 걸려 넘어지고 말았다. 그는 잠시 두 손과 무릎을 짚은 채 그대로 멈춰 있었다. 그때 누군가가 다가와 그를 일으켜 세웠다. 헤르트는 뒤도 돌아보지 않고 절뚝이며 버스 쪽으로 달려갔다. 고맙다는 말을 잊었다는 생각이 들어 헤르트는 발걸음을 멈추고 뒤로 돌아 크게 외쳤다. "고마워요!!" 누군가 손을 들어 올렸고, 헤르트도 손을 들어 답했다.

"푸트만스 씨, 잘 오셨습니다. 조금 걱정했거든요. 평소엔 시간을 잘 지키시잖아요."

레오가 말했다. 비꼬는 말은 아니었다. 헤르트는 작은 목소리로 변명하며 자리에 조심스럽게 앉았다.

미케는 놀란 표정으로 그를 바라봤다.

"헤르트, 무슨 일이에요? 바지도 찢어졌고 무릎에선 피가 나는데요?"

헤르트는 고개를 짧게 저으며 말했다.

"얘기하고 싶지 않아요."

"알겠어요. 미안해요."

미케는 조심스럽고 이해심 깊게 반응했다. 헤르트는 손을 들어 목을 만지작거렸다.

"그걸 잊었네."

"뭐가요?" 미케가 물었다.

"아무것도 아니에요." 헤르트가 딱 잘라 말했다.

헤르트는 자신의 뺨을 치거나, 주먹으로 자신을 한 대 치고 싶은 심정이었다. 어떻게 시간이 가는 것도 알아채지 못하고, 버스에 늦게 도착하고, 넘어지기까지 하고, 심지어 스카프까지 두고 올 수가 있지? 그는 머릿속의 혼란을 감당할 방법을 알지 못했다.

—

열두 살의 회르트는 축구에 서툴렀고, 줄타기를 해도 땅에서 1.5미터 이상은 올라가지도 못했고, 철봉에서는 이미 두 번이나 떨어졌다.

하지만 목요일 아침의 수영 수업 시간만큼은 행복했다.

퇴운체를 제외하면 회르트는 반에서 수영을 가장 잘하는 학생이었다. 불과 6개월 만에 a, b, c 레벨의 수영 자격증을 모두 땄고, 수영장의 이 끝에서 저 끝까지 숨을 참고 잠영으로 오갈 수 있었으며, 높은 다이빙대에서도 겁 없이 뛰어내릴 수 있었다. 물속에 있는 동안은 어떤 것도 두렵지 않았다. 머릿속을 어지럽히던 혼란도 물속에서만큼은 모두 사라졌다.

하지만… 그 1시간조차 빼앗기고 말았다.

회르트는 샤워를 마치고 몸을 닦은 뒤 바지를 입으려 했다. 하지만 다리가 바짓단을 통과하지 못했다. 그는 균형을 잃고 딱딱한 타일 바닥에 넘어졌다. 주변에서 폭소가 터져 나왔다. 회르트는 비틀비틀 일어나 이번에는 나무 벤치에 앉아 다시 시도했다. 하지만 아무리 해도 바지가 들어가지 않았다. 아이들은 더 크게 웃었고, 단 한 사람, 그의 친구 헹키만은 울먹이며 조용히 바라보고 있었다. 결국 회르트도 참지 못하고 엉엉 울음을 터뜨렸다. 소란을 들은 여자 선생님이 탈의실로 들어왔다. 선생님은 회르트 곁에 무릎을 꿇고 앉아 바짓단을 살펴보다가 냄새를 맡았다.

그러고는 분노에 찬 눈빛으로 탈의실을 쓱 훑으며 말했다.

"누구야? 누가 접착제로 바짓단을 붙여놨니?"

—

트론헤임 외곽, 버스는 스칸딕 레르켄달 호텔 앞에 멈췄다. 그들이 지금까지 묵었던 호텔은 대부분 스칸딕 체인 소속이 었고, 하나같이 크고 무난하며, 약간은 구식이었고, 3층을 넘지 않는 낮은 건물이었다. 하지만 스칸딕 레르켄달은 달랐다. 그곳은 세련되고 현대적인 분위기에 무려 21층짜리 고층 건물이었다.

레오는 평소처럼 모든 사람의 체크인을 미리 처리해 놓았고 객실 카드키를 나눠주며 마지막으로 몇 가지 안내 사항을 전했다.

"여러분, 저녁 7시에 모두 식당에 모여주시고요. 멋진 뷔페가 준비되어 있습니다. 그리고 내일 아침엔 일찍 일어나셔야 해요. 버스가 8시에 출발합니다. 왜냐면 내일은 단순히 이동만 하는 게 아니라 릴레함메르에도 들를 예정이거든요."

"465킬로미터 거리고, 눈도 올 거예요."

헤르트가 덧붙였다.

"그래서 다시 한 번 말씀드립니다." 레오가 마무리했다. "오늘 저녁은 7시, 그리고 내일 아침은 8시입니다."

5분 뒤, 헤르트는 호텔 19층 자기 방 창가에 서서 도시를 내려다보고 있었다. 오른편에는 FC 로센보리의 축구 경기장이 보였다. 위에서 비스듬히 내려다보는 뷰였다. 그는 경기가 열리고 있지 않다는 사실이 처음으로 아쉽게 느껴졌다. 서서히 잔디가 눈에 덮이기 시작했다. 그는 몇 분간 창밖을 바라보며 멍하니 서 있다가 문득 창문이 열리나 싶어 문을 열어보았다. 틸트형 창문이라 살짝만 열렸다.

그는 캐리어를 열고 옷장과 욕실에 옷과 소지품들을 정갈히 정리했다. 토요일이니까 샤워도 했다.

정각 7시. 헤르트는 호텔의 모던한 레스토랑 안으로 들어섰다. 그의 여행 동료들은 홀 한쪽의 예약된 구역에 이미 자리를 잡고 있었다. 헤르트는 큰 식물 화분 뒤에 있는 외진 빈 테이블을 발견하고 그곳에 앉으려 했지만, 레오가 손을 흔들며 그를 불렀다.

"여기 자리가 있어요, 푸트만스 씨!"

그는 손짓으로 헤르트를 안내했다.

운이 좋지 않았다. 빈자리가 딱 하나 남아 있었는데, 하필이면 암스테르담 사람들 테이블이었다.

"어서 와요, 헤르트."

샤론이 다정하게 초대했다. 헤르트는 아무 말 없이 자리에 앉았다.

"됐어, 헤르트도 왔으니 이제 파티 시작이지!"

디르크가 떠들썩하게 선언했다.

"늦게 오는 사람은 노래 불러야 한다!"

로드니가 장난스럽게 외쳤다. 두 남자는 분위기를 끌어올리기로 작정한 듯 보였다. 헤르트는 몸을 조금 움츠렸다.

"하나만 물어볼게, 헤르트."

디르크는 아랑곳하지 않고 말을 이었다.

"당신은 혼자서 여행을 왔잖아. 예쁜 여자 친구는 없어? 같이 올 만한?"

헤르트는 고개를 저었다.

"그럼, 예쁜 남자 친구는?"

"그런 것도 없어요."

"그럼 뭐가 있어?"

"그냥… 지인들."

"뭐, 동네 빵집 주인이나 정육점 사장님?"

그때 샤론이 끼어들었다.

"그만해, 디르크. 좀 내버려둬. 혼자 있고 싶을 수도 있잖아."

헤르트는 공황 발작이 몰려오는 느낌을 받았다. 급히 자리에서 일어나 뷔페로 가서 접시에 음식을 반쯤 담았다. 일부러 시간을 질질 끌며 네 명의 암스테르담 일행이 자리에서 일어나 음식을 가지러 가기를 기다렸다. 그리고 그들이 일어나는 걸 보고 재빨리 자리로 돌아가 최대한 빠르게 접시를 비웠다.

로드니와 디르크가 음식이 가득 쌓인 접시를 두 개씩 들고 자리에 돌아왔을 때, 헤르트는 마지막 한입을 먹고 있었다. 그는 아무 말 없이 자리에서 일어나 다시 뷔페 쪽으로 향했고, 그의 자리를 본 같은 테이블 사람들은 의아한 눈빛으로 그를 바라보았다.

헤르트는 뷔페 앞에 선 채, 케이크 두 조각을 먹고, 내일 아침 식사용으로 두 조각을 냅킨에 싸서 챙겼다. 그리고 조용히 방으로 사라졌다.

트론헤임 상공, 호텔 고층에 있는 자기 방으로 돌아온 헤르트는 서서히 마음을 진정시켰다.

"딱 사흘 남았어."

그는 텔레비전을 켜고 이해할 수 없는 스칸디나비아 프로그램들을 이리저리 돌려가며 일기예보가 나오길 기대했다. 일기예보라면 언어를 몰라도 그림만으로 대충 알아볼 수 있을 거라 생각한 것이다. 하지만 헛수고였다.

헤르트는 텔레비전을 끄고, 잠옷으로 갈아입고, 양치질을 한 뒤 침대에 누웠다. 그리고 2시간이나 뒤척이다가 간신히 불안한 잠에 빠졌다.

오전 7시. 커튼을 젖히자 굵은 눈송이들이 옆으로 휘날리며 창밖을 스쳐 갔고, 그 아래 세상은 새하얗게 덮여 있었다.

"예보대로네…" 헤르트는 낙담한 듯 한숨을 쉬며 말했다.

헤르트는 씻고 옷을 갈아입은 뒤, 전날 저녁 뷔페에서 챙겨 온 케이크 두 조각과 따뜻한 홍차 한 잔으로 조용히 아침을 먹었다.

7시 50분, 엘리베이터를 타고 내려가니 7시 55분, 그는 버스에 일찍 도착한 몇 사람 중 하나였다

"좋은 아침, 헤르트. 오늘은 또 디디 데이야!"

오늘 옆자리에 앉은 건 디디였다.

"오늘은 힘든 날이 될 거예요."

헤르트가 중얼거리듯 예고했다.

"설마 내가 옆이라서 그런 건 아니지?"

디디가 웃으며 농담을 던졌다.

"아뇨, 아뇨." 헤르트는 깜짝 놀라며 손을 저었다. "당신 때문이 아니라, 날씨 때문이에요."

"그래도 눈이 멋지잖아요?"

디디는 낭만적으로 말했다. 헤르트는 대답하지 않았다. 레오는 인원수를 확인한 후 마이크를 잡았다.

"자, 여러분. 지금 막 8시가 넘었습니다. 바로 출발하려고 했는데, 아직 두 분이 도착하지 않아서 조금만 더 기다릴게요."

헤르트는 고개를 돌려 좌석들을 훑어봤고, 마르코와 그의 아들 시몬이 아직 도착하지 않았다는 걸 알아차렸다. 15분이 지나자, 여기저기서 불만이 터져 나왔다. 레오는 직접 가보겠다며 자리에서 일어났고, 10분 후, 손에 회색 캐리어 하나를 들고 돌아왔다. 그 뒤를 캐리어 없이 맥 빠진 얼굴의 마르코와 캐리어는 있지만 눈치를 보는 아들 시몬이 따랐다. 레오는 다시 마이크를 들고 말했다.

"여러분, 마르코 파인하우트 씨의 캐리어가 사라졌고, 호텔 로비에서 주인이 없는 회색 캐리어 하나를 발견했습니다. 그래서 제가 보기엔, 누군가 실수로 다른 캐리어를 가져온 것 같아요. 이 가방, 누구 건가요?"

레오는 회색 캐리어를 높이 들어 올리며 물었다.

잠시 정적이 흐르다가 어디선가 머뭇거리는 목소리가 들

렸다.

"아마… 제 것일 수도 있어요."

모두의 시선이 붉은 머리 여성에게 쏠렸다. 그녀는 자리에서 일어나 앞으로 걸어 나와 고개를 끄덕였다. 자신의 가방이 맞았다.

"혹시, 이 가방… 직접 저한테 버스 짐칸에 실어달라고 주셨어요?"

레오가 물었다.

짐을 실어달라고 한 건 남편이었다.

"전 아침 먹고 화장실에 가 있었거든요. 그사이에 남편이 가방 두 개를 가져다 놨어요."

그 말을 들은 마르코는 자신의 캐리어가 정말 버스에 실렸는지 확인하고 싶다며 고집을 부렸다. 결국 레오는 눈보라 속에서 다시 짐칸을 열고, 캐리어를 하나하나 꺼내기 시작했다. 한참을 뒤지다 맨 아래쪽에서야 마르코의 가방이 발견되었다. 버스 안에 앉아 있던 승객들이 그 모습을 창밖으로 지켜봤다. 그리고 레오는 다시 모든 캐리어를 짐칸에 실어야 했다.

운전석으로 돌아온 그는 언제나 깔끔하던 어두운 정장이 눈에 흠뻑 젖어 있었고, 머리도 흐트러졌으며, 표정도 평소처럼 밝지 않았다.

헤르트는 손목시계를 확인했다. 정확히 38분 지연. 버스는 느릿하게 주차장을 빠져나갔다. 여기저기 눈이 50센티미터 넘게 쌓인 곳도 있었다.

"이것도 노르웨이입니다, 여러분. 눈이 내리고 춥죠."

레오는 분위기를 띄우려 애쓰며 마이크를 잡았다. 디디가 옆자리에서 고개를 돌려 헤르트에게 물었다.

"오늘은 몇 킬로미터를 이동하죠?"

헤르트는 한 치의 망설임 없이 대답했다.

"465."

"푸우…."

"눈 정말 멋지지 않아요?"

노르 샤프가 뒤에서 짹짹거리듯 소리쳤다. 안티여도 전적으로 동의한다는 듯 고개를 끄덕였다.

헤르트는 창밖을 바라보았다. 굵은 눈송이들이 거세게 도로 위를 몰아치고 있었다. 20센티미터는 족히 쌓인 신선한 눈때문에 자동차 바퀴 자국은 거의 보이지 않았다.

버스 안은 처음 1시간 30분 동안 침묵에 가까웠다. 오직 거대한 와이퍼가 전면 유리에 들이치는 눈을 밀어내는 소리만이 반복되었을 뿐.

이전까지는 항상 조용한 이차선 도로를 시속 80킬로미터 정도로 달렸던 버스였지만, 지금은 시속 60킬로미터 밑으로 떨어지는 순간도 많았다. 헤르트는 반쯤 일어나 운전석의 속도계를 엿보았다. 그 순간부터 그는 머릿속으로 계산을 시작했다.

"상황이 계속 이렇다면, 오늘은 밤 9시쯤 도착할 거예요."

헤르트는 조용히, 그렇지만 분명히 말했다.

"뭐라고요? 몇 시요?"

대각선 뒤쪽, 복도 건너편에 앉아 있던 샤론이 커다란 눈을 동그랗게 뜬 채 귀를 쫑긋 세우고 물었다.

"밤 9시라고? 디르크, 들었어? 오늘 밤 9시에나 도착한대."

"상황이 바뀌지 않는다면요." 헤르트가 한 번 더 강조했다.

"그건 어떻게 알았지?" 디르크가 물었다.

"계산했어요."

디르크는 자리에서 몸을 돌려 뒤에 앉은 로드니와 트레이스를 향해 그 소식을 전했다. 그러자 로드니는 자리에서 벌떡 일어나 앞쪽으로 성큼성큼 걸어왔다. 그의 얼굴에는 "이건 한 번 확인해 봐야겠는걸?" 하는 표정이 역력했다.

"저기, 레오, 아까 들었는데… 우리 오늘 밤 9시에 도착한다면서요?" 로드니가 목소리를 높였다.

"아, 어디서 그런 이야기를 들으셨나요?"

레오는 의아한 표정으로 되물었다.

“그, 그 누구더라… 그… 와인 얼룩 있는 그 친구.”

“푸트만스 씨 말씀인가요?”

“어, 맞아요. 개요.”

“그럼 다시 자리로 돌아가시죠. 제가 곧 전체 일정에 대해 설명드릴게요.”

레오는 차분하게 마무리했다. 불만 가득한 얼굴로 로드니는 자기 자리로 돌아갔다. 지나가며 헤르트의 어깨를 툭 치며 말했다.

“너, 진짜 밤 9시 도착 확실한 거야?”

헤르트는 깜짝 놀라 움찔했고, 신경질적으로 고개를 저었다.

“그게 맞다는 거야, 아니라는 거야?”

로드니가 쏘아붙였다. 헤르트는 양손으로 귀를 막고, 고개를 돌려 외면했다. 레오는 마이크를 가볍게 두드렸다.

“좋은 아침입니다, 여러분. 보시다시피 밖에 눈이 꽤 많이 내리고 있습니다. 그래서 제가 원래 달리던 속도로 운전할 수가 없고요. 그로 인해 호텔 도착이 예정보다 늦어질 것 같습니다. 물론 지연을 최소화하려고 노력 중입니다. 지금 우리가 출발한 지 약 2시간쯤 되었고요, 이제 5분 뒤쯤에 짧게 화장실을 위한 휴게소에 들를 예정입니다. 최대한 짧게, 10분 정도만요. 그 후에 다시 안내해 드릴게요."

곧이어 버스는 아주 조심스럽게 완전히 텅 빈 주차장 안으로 들어섰다. 30센티미터는 족히 쌓인 눈 위를 천천히 미끄러지듯 나아갔다.

헤르트는 창밖을 바라봤다. 레스토랑 창문 뒤로 불빛 하나 없이 깜깜했고 그 어디에도 인기척이 없었다.

레오는 마이크를 내려놓고 말했다.

"모두 잠깐만 자리에 앉아계세요. 제가 직접 확인하고 오겠습니다."

버스 안의 모두가 레오가 눈을 헤치며 입구 쪽으로 힘겹게 걸어가는 모습을 바라보았다. 그는 문을 잡아당기고 밀어봤지만 헛수고였다.

"문 닫았대. 이럴 수가. 완전 좆같은 하루야."

디르크의 거친 말투가 버스 안에 울렸다.

"나 이제 못 참겠어."

노르가 앓는 소리처럼 중얼거렸고, 안티여도 곧바로 맞장구를 쳤다.

레오는 돌아오며 신발을 털고 머리에 쌓인 눈을 털어내며 말했다.

"닫혔습니다, 여러분. 유감입니다. 음… 글쎄요, 30분 정도 만 더 가면 주유소가 하나 있는데, 그곳은 열려 있을 겁니다." 레오가 망설이다 덧붙였다.

"아마도요."

버스는 다시 도로로 돌아갔다. 이제는 도로와 갓길의 경계 조차 알아보기 어려울 정도였다. 눈은 점점 더 거세지고, 굵어 지고, 빠르게 쌓여만 갔다. 헤르트는 다시 한번 반쯤 일어나 계 기판을 힐끗 보았다. 시속 46킬로미터. 속으로 다시 계산했다. 예상 도착 시간, 밤 10시 15분. 하지만 이번에는 입 밖에 내지 않기로 했다.

곧이어 레오는 또 다른 우울한 소식을 전했다. 유감스럽게 도 릴레함메르 방문을 취소했다는 소식이었다. 동계 올림픽이 열렸던 그 도시다. 일정을 더 지연시킬 수 없다는 이유였다.

버스가 약속된 주유소에 가까워질수록 몇몇 승객들의 긴장 감은 점점 더 고조되었다. 셀프 주유기는 사용할 수 있지만 편 의점은 문이 닫혀 있는 상황을 보고 다들 더 크게 실망했다. 버스는 주유소 앞을 고통스러울 만큼 느리게 지나쳐 갔다.

"나 정말 더는 못 참겠어." 노르가 울상이었다. "그냥… 버스 화장실이라도 갈래."

레오의 강력한 요청 덕분에 지금까지 그 누구도 버스 화장실을 사용하지 않았다. 하지만 노르는 이번만큼은 비상 상황이라고 생각했다. 그녀는 덜컹거리는 버스 앞으로 걸어가 레오에게 화장실 열쇠를 받으러 갔다. 그 모습을 다른 '긴급한' 승객들이 간절한 눈빛으로 지켜보았다. 레오는 아무 말 없이 조용히 열쇠를 건넸다.

노르는 다시 비틀거리며 통로를 지나 두 계단을 조심스럽게 내려간 뒤, 벽에 자신의 큼직한 엉덩이를 단단히 고정시키고 열쇠를 자물쇠에 꽂았다. 그러고는 비좁은 화장실 안으로 겨우 몸을 밀어 넣은 뒤, 문을 닫고 '사용 중' 표시를 돌렸다. 헤르트는 그녀가 통로를 지나가는 모습을 보기 위해 잠시 고개를 돌렸다가, 다시 앞만 바라보며 시선을 고정했다.

헤르트는 눈을 질끈 감았다.

"생각하지 마, 생각하지 마…"

되뇌었지만, 소용없었다. 이미 헤르트의 머릿속에는 이미지가 또렷하게 박혀 있었다. 드렌터 출신의 뚱뚱한 노르가 끙끙거리며 치맛자락을 걷고 한 손으로는 두꺼운 울 타이츠와 팬티를 내리는 모습. 그리고 화장실 변기 위에 반쯤 걸친 채 앉아 있는 장면 말이다.

헤르트는 그 생각을 떨쳐내기 위해 고개를 세차게 흔들었다. 어려운 계산, 어려운 계산을 하자. 415 곱하기 391은 얼마지? 헤르트는 집중했다.

그 순간, 버스가 갑작스럽게 급제동을 했다. 도로 커브에 산더미처럼 쌓인 눈 때문이었다. 버스가 덜컹하며 멈추자 화장실 안에서 비명과 함께 "쿵!" 하는 소리가 들렸다. 그리고 조용해졌다.

"뭐라도 좀 해봐요!"

화장실 바로 맞은편에 앉아 있던 동커르슬로트 부인이 남편을 닦달했다.

"뭘 어떻게?"

남편은 어리둥절한 얼굴로 되물었다.

"문 열어보라니까! 거기! 그걸로!"

부인은 화장실 문 옆에 붙어 있는 작은 비상용 키 박스를 가리켰다. 유리창 뒤에 키 하나가 들어 있고, '비상시에만 사용'이라는 문구가 쓰여 있었다.

"이게… 진짜 비상이야?" 남편이 겁먹은 목소리로 묻자, 부인은 단호하게 "비상 맞아"라고 잘라 말했다.

남편은 조심스럽게 일어나 유리창을 손가락으로 눌러봤지만, 아무 일도 일어나지 않았다.

"세게!"

부인의 목소리에 긴장감이 실렸다. 그는 다시 한번 눌렀지만, 여전히 무반응이었다. 그러자 부인은 신고 있던 굽 높은 힐을 벗어 들어 유리창을 "쾅!" 단호하게 내리쳤다. 유리가 와작부서지며 그 안에 있던 비상 열쇠가 데구르르 바닥으로 떨어졌다.

화장실 안쪽에서 희미한 신음 소리가 새어 나왔다. 헤르트는 계산을 멈추고 자리에서 일어나 입을 벌린 채 그 장면을 지켜보았다. 여러 승객들이 화장실이 있는 계단 쪽으로 몰려들고 있었다. 그제야 레오도 뭔가 이상하다는 걸 눈치챘는지 소리쳤다.

"여러분, 제발 자리에 앉아주세요!"

"정차해야 해요! 누가 다쳤나 봐요!"

누군가가 소리쳤다. 결국 레오는 조심스럽게 버스를 눈 더미 쪽 갓길에 세웠다. 그사이 동커르슬로트는 열쇠를 주워 문에 꽂고 돌렸다. 문을 살짝 열고 안을 들여다보더니 화들짝 뒤로 물러났다.

노르 샤프가 변기 옆쪽 벽면에 미끄러져 화장실 벽과 변기 사이에 끼어 있었다. 그녀는 화장실 뚜껑을 붙잡고 자신을 끌어 올리려 애썼지만, 몸이 꿈쩍도 하지 않았다. 팬티와 타이츠는 발목까지 내려와 있었고, 푸르스름한 핏줄이 드러난 흰 살이 적나라하게 노출돼 있었다. 가느다란 소변 줄기가 다리를 타고 흘러내리면서 악취가 풍겼다.

"젠장맞을…."

동커르슬로트가 경악하며 욕을 내뱉었다. 헤르트는 끔찍함에 눈을 질끈 감았고, 입을 틀어막고 헛구역질을 했다. 그는 비틀거리며 뒤로 물러나 그 소동을 보러 몰려오던 사람들과 부딪치며 겨우겨우 자리로 돌아왔다.

"무슨 일이에요?"

레오가 재빨리 승객들 사이를 헤집고 버스 중간까지 나아갔다. 그는 화장실 안을 내려다보며 굳어버렸다. 이건 그도 처음 겪는 일이었고, 매뉴얼에도 없던 상황이었다. 잠시 얼어붙었던 그는 곧 정신을 다잡았다.

"동커르슬로트 씨, 도와주시겠습니까? 제가 이쪽 팔을 잡을 테니 당신은 반대쪽을 잡아주세요."

두 사람은 힘을 합쳐 끙끙거리며 신음하는 노르를 조심스럽게 들어 올렸다.

"오, 너무 끔찍해…. 오, 너무 끔찍해…."

노르는 반복해서 중얼거렸다. 레오는 곁에 서 있던 동커르슬로트 부인에게 "옷 좀 입혀주시겠어요?" 하고 부탁했지만, 그녀는 겁에 질린 듯 고개를 절레절레 저었다.

결국 레오가 고개를 돌린 채 노르를 겨우 붙잡아 세워주었고, 노르는 힘겹게 팬티와 타이츠를 끌어 올렸다. 그때 붉은 머리 여자가 입을 열었다.

"물 내리는 걸 잊어버리셨네요."

★

30분쯤 지나고 나서야 버스는 다시 도로로 복귀했다. 노르샤프는 자매의 위로를 받고 서서히 진정됐다. 그동안 여러 여성 승객이 차례로 버스 화장실을 이용했고, 남성 승객은 눈밭에서 볼일을 해결했다.

헤르트는 손목시계를 들여다보았다. 12시 15분. 그리고 지금까지 이동한 거리는 고작 150킬로미터였다. 눈은 여전히 거세게 내렸고, 도로 사정은 점점 악화되었다. 버스 속도는 시속 40킬로미터 이하로 떨어졌고, 슬슬 승객 대부분도 오늘 하루가 상당히 고된 날이 되겠다는 사실을 깨닫기 시작했다.

레오가 마이크를 들었다.

"예상대로라면 1시간 30분 정도 후에 정상적으로 영업 중인 식당에 도착할 수 있을 것 같습니다. 물론 평소엔 늘 열려 있긴 합니다만…"

"뭐요? 1시간 30분이나? 난 지금 당장 배고파 죽겠다고요!

그전에 못 멈춰요?"

로드니가 버스 안을 울릴 만큼 큰 소리로 외쳤다.

"멈추는 건 가능하지만, 식당이 없어요. 그럼 의미가 없겠죠."

레오는 마이크를 다시 들고 차분히 응수했다. 그러자 디르크까지 끼어들었다.

"우쭐대는 거 아냐, 우리 레오 군?"

비아냥이 실린 목소리였다. 레오는 침묵을 택했다. 긴장된 분위기를 풀기 위해 안네미가 대형 팩의 스페큘라스 과자를 꺼내 들고 사람들에게 나눠주기 시작했다.

"간단한 간식이에요, 허기 달래시라고요."

그녀는 자리마다 그렇게 말하며 과자를 돌렸다. 로드니는 말없이 두 개를 쥐어갔다. 안네미는 그를 노려보았지만 아무 말도 하지 않았다. 대신, 두 번째 과자 순회 때는 그의 자리를 조용히 지나쳤다.

정확히 1시간 30분 뒤, 레오가 말했던 고속도로 휴게소가 실제로 문이 열린 것이 확인되자, 버스 안에서는 눈에 띌 만큼 안도하는 기색이 퍼졌다. 레오는 평소보다 단호한 어조로 버스가 정확히 30분 후에 출발해야 한다며, 지연을 줄여야 하니

반드시 시간을 지켜달라고 말했다. 모두가 황급히 버스에서 내린 뒤, 거센 눈을 헤치며 식당 겸 슈퍼 입구까지 40미터를 힘겹게 걸었다. 맨 뒤에서는 보행 보조기와 지팡이를 짚은 샤프 자매가 힘겹게 따라오고 있었는데, 또다시 버스 안 화장실을 써야 하는 사태만은 막고자 두 사람은 온 힘을 다하는 중이었다.

헤르트는 먼저 건물 뒤에서 눈밭에 노란 줄을 예쁘게 그리며 소변을 본 뒤, 가게에서 빵 네 개, 패밀리팩 트윅스, 다이어트 콜라 여섯 캔을 샀다. 그걸로 하루를 버틸 수 있을 거라고 판단했다. 30분이 다 지나기도 전에 헤르트는 다시 버스에 올라탔다. 헤르트는 날씨 앱을 확인했다. 눈은 밤 9시까지 계속 내릴 예정이었다. 도착 시간을 조정해야 했다.

버스는 예정된 것보다 5분 더 빨리 출발했다. 이제 눈의 아름다움에 대해 말하는 사람은 없었다. 대신 축축하게 젖은 발 때문에 힘들다는 불평이 쏟아졌다.

"자업자득이죠." 디디가 헤르트에게 낮게 말했다.

"운동화랑 하이힐 같은 걸 신고 왔으니 그렇지. 있잖아요."

그녀는 수사적으로 물었다.

"사람들은 무언가 잘못되면 바로 불행해하잖아요. 근데 무언가 제대로 됐다고 해서 더 행복해하지는 않아요. 예를 들면,

온종일 발이 젖지 않은 것만으로도 계속 기뻐해야 하는 거 아
닌가요?"

헤르트는 그 이론에 대해 잠시 생각했다.

"그렇네요."

그가 대답했다.

"암이 없다고 해서 기뻐하는 사람은 거의 없지요. 하지만 우
리 어머니만큼은 정말 기뻐했어요. 암 대신 다발성 경화증을
앓고 계셨거든요. 엄마는 타고난 행복 체질이었어요. 그렇지
만 난 그걸 물려받진 않았죠."

디디가 고개를 끄덕였다.

"어머님이 정말 멋진 분이셨던 것 같아요, 헤르트."

"그렇죠. 이번 여행을 온 두 가지 이유 중 하나도 바로 어머
니와 했던 약속 때문이에요."

"다른 이유는요?"

"오로라를 보기 위해서였어요."

"그건 봤잖아요, 아주 조금이긴 해도."

헤르트는 자신이 본 환상적인 오로라에 대해 고백하려 입
을 열었지만, 레오의 큰 목소리에 막혔다.

"여러분, 우리 앞에 제설차가 가고 있어요. 아마 관청 소속
차량 같은데, 제가 그걸 추월할 수는 없습니다. 아니, 법적으로

는 가능할지도 모르지만, 지금 도로 위에 쌓인 눈 상태를 보면 그건 무모한 행동입니다.”

“얼마나 걸리죠?” 디르크가 큰 소리로 물었다.

레오는 알 수 없다고 했다.

“호텔엔 몇 시쯤 도착하나요?”

그것도 레오는 말할 수 없다고 했다. 하지만 10시쯤일 수도 있다고 덧붙였다. 버스 안은 갑작스러운 소란으로 가득 찼다.

헤르트는 주행 거리계를 보았다. 40킬로미터도 안 되는 속도였다. 그는 눈을 감고 계산했다.

“12시에서 12시 30분 사이.”

그는 그렇게 말하며 입을 열었다.

“12시에서 12시 30분 사이요?”

샤론이 버스 안을 쩌렁쩌렁 울리는 소리로 비명을 질렀다.

“그건 말도 안 돼!”

로드니가 외쳤다. 그는 자리에서 일어나 레오 쪽으로 성큼성큼 걸어갔다.

“저 와인 얼룩 같은 사람 말로는 우리가 호텔에 새벽 1시쯤 도착한대요. 그럴 수는 없잖아요.”

레오는 눈에 띄게 긴장한 기색을 보였다.

“이건 불가항력입니다. 누구도 어쩔 수 없는 상황이에요.”

“다른 호텔로 가면 안 돼요? 좀 더 가까운 데?”

마르코도 다가와 물었다.

레오는 지금 그들이 있는 곳과 목적지 호텔 사이에는 하룻밤 묵을 만한 다른 숙소가 없다고 단언했다.

“가는 길에 문을 연 주유소 하나라도 나오면 다행일 지경이에요.”

“그럼 우리 기름 떨어지는 거예요?”

붉은 머리 여성이 이제는 자기 일처럼 끼어들며 물었다.

“아니요, 부인. 주유는 안 해도 됩니다. 저는 그보다 뭔가 먹고 마실 수 있는 곳을 말한 겁니다.”

“컵 수프 같은 것도 이제 없는 거예요?”

“물도 있고, 탄산음료도 넉넉히 남아 있고, 컵 수프도 아직 엄청나게 남아 있습니다. 그러니까 갈증으로 죽을 일은 없습니다.”

레오는 긍정적인 무언가를 말하게 된 게 기쁜 듯했다. 그는 자신의 주변에 모여 있던 사람들에게 자리로 돌아가 달라고 요청했고, 사람들은 못마땅한 얼굴로 요청을 따랐다.

“난 분명히 항의할 거야.”

디르크가 선언하듯 말했다. 레오는 다시 마이크를 들었다.

“여러분, 오늘 밤 호텔에 최대한 빨리 도착하도록 최선을 다하겠습니다. 하지만 지금 상황이 그렇게 호락호락하지는 않네요."

"그래, 이 달팽이 같은 속도로 뭘 바라겠어!"

누군가가 소리쳤다. 레오가 헛기침을 했다.

"정말 속도가 잘 안 나고 있습니다만, 어쩔 수 없는 상황입니다. 언제 다시 잠깐 멈출 수 있을지는 확실하지 않지만, 지금은 제설차 뒤를 따라가는 게 가장 안전하다고 생각합니다. 그동안 버스 안 화장실은 자유롭게 사용하셔도 되지만, 주의는 해주십시오. 작은 화장실 안에서도 사고는 쉽게 납니다."

레오는 가볍게 넘기려 애썼다. 디디가 몸을 기울여 헤르트에게 속삭였다.

"이거 큰일 나겠는데. 벌써부터 화장실 근처에서 엄청난 악취가 나."

그녀가 웃으며 말했다. 헤르트는 웃을 수 없었다. 시간이 지날수록, 그리고 도착 시각이 불확실해질수록 그는 점점 더 긴장했다. 그는 신경이 곤두선 채로 계기판의 주행 거리계, 날씨 앱, 도로 옆에 설치된 거리 표지판을 끊임없이 주시했다. 예상 도착 시각을 계산하고 또 계산했다. 그리고 매번, 그 시각은 조금씩 늦춰졌다.

그는 계속해서 같은 생각에 사로잡혔다. 이 여행은 오로라를 본 그 순간, 거기서 끝났어야 했다. 그랬다면 엄마도 분명히 만족했을 것이다. 그런데 지금 그는 말 그대로 어떤 방향으로도 움직일 수 없는 처지였다.

버스 앞 30미터 지점에서 제설차가 좌우로 눈을 거대하게 퍼 올려 갓길로 밀어내고 있었다. 버스 안은 불만을 토로하는 소리만 작게 들렸다.

디디는 헤르트에게 자기 휴대폰 화면을 보여주었다. 올드 미스터리 투어에서 온 이메일이었다.

"봐요, 헤르트."

그녀가 명랑하게 말했다.

"우리 여행사에서 보낸 특별 혜택이에요. 다음 여행에서 50유로 할인해 준대요."

"이번이 내 마지막 여행이에요."

그가 진지하게 대답했다. 디디는 그 말이 너무 우울하게 느껴졌다.

그 후 2시간이 흘렀다. 제설차 뒤로 버스 한 대와 자동차 세 대가 행렬을 이루며 기어가듯 도로 위를 움직였다. 반대편에서는 스노 체인을 장착한 차량 두 대가 힘겹게 지나쳤다.

버스 안의 분위기는 점점 더 나빠졌다. 특히 암스테르담 사람들은 일정한 간격으로 목소리를 높이며 노골적으로 불만을 쏟아냈다.

"농담으로라도 이렇게 느릴 순 없지."

"이건 도저히 말이 안 돼."

"진짜 엉망진창이야."

서서히 어둠이 내려앉았다.

레오가 마이크로 말했다. 앞으로 30분쯤 후면 주유소가 하나 나온다고 했다. 아마 작은 가게도 있을 거라고.

"화장실도 있을까요?" 노르 샤프가 조심스럽게 물었다.

"정말 있길 바라지만, 확답은 못 드리겠습니다."

레오는 마이크 없이 뒤쪽으로 몸을 돌려 대답했다. 동커르슬로트가 통로를 따라 앞으로 나와 레오 옆에 섰다.

"말씀하세요, 동커르슬로트 씨."

"이렇게 늦게 도착할 줄은 정말 몰랐습니다. 그런데 제 아내가 약을 저녁 7시에 꼭 먹어야 하는데, 그 약이 가방 안에 있거든요…."

레오는 잠시 생각에 잠긴 듯 볼에 바람을 불어 넣었다가 천천히 내쉬었다. 그러고는 다시 정신을 가다듬었다.

"곧 정차하면 짐칸에서 가방을 꺼내드릴게요."

$$\star$$

"여러분, 안타깝게도 가게가 문을 닫은 것 같습니다. 그래도 잠시 정차는 해야 할 것 같아요. 버스가 멈추면, 안에 있는 화장실을 사용하셔도 됩니다. 다만 남성분들께는 가능한 한 밖에서 작은 볼일을 보시길 부탁드립니다. 저도 압니다, 이상적인 상황은 아니죠. 하지만 그 편이 시간이 덜 걸립니다."

레오는 주차장 가장자리에 차를 세우고 문을 열었다. 암스테르담 남자 둘이 제일 먼저 시끄럽게 욕을 하며 내리고는 길가 나무 몇 그루 쪽으로 걸어갔다.

선두에 있던 디르크가 갑자기 허리까지 눈 속에 빠지더니 앞으로 반쯤 넘어졌다. 도로 옆에는 눈에 덮인 깊은 도랑이 있었다.

디르크는 욕설을 퍼부으며 몸을 빼냈다. 잠시 바람을 쐬기 위해 나온 안네미와 미케, 디디는 그 광경을 보고 폭소를 터뜨렸다. 디르크는 그들을 분노에 찬 눈으로 노려보며 낮게 욕설을 내뱉었다.

"염병할 것들."

깜짝 놀란 세 여성은 말문이 막혔다. 레오도 욕을 듣고 순간 말을 잃었지만, 곧 침착함을 되찾았다.

"이런, 이런, 말 좀 곱게 하시죠, 돈더르스 씨."

"넌 끼어들지 마, 멍청한 게." 디르크가 욕을 퍼부었다.

"그 유쾌하던 암스테르담 유머는 어디로 사라진 걸까."

안네미가 싸늘하게 말했다.

"정말 그렇네요."

버스 출입문 쪽에서 모든 과정을 눈이 휘둥그레진 채 지켜보던 헤르트가 맞장구쳤다.

"저기 와인 얼룩도 나타났네. 너도 참견하러 왔냐?"

로드니가 헤르트 쪽으로 한발 다가섰다. 헤르트는 움찔해서 몸을 웅크리며 버스 안으로 들어갔다.

잠시 뒤, 디르크와 로드니가 다시 버스에 올라탔다. 그들이 지나간 자리에 눈이 길게 흩뿌려졌다. 승객들은 잠시 말이 없다가 작은 목소리로 조심스럽게 뒷말을 하기 시작했다. 몇몇 여성 승객은 버스 안 화장실로 향했다. 시간은 더디게 흘렀다.

헤르트는 시계를 들여다봤다. 7시 15분. 그의 계산으로는 아직도 5시간 15분이 남아 있었다. 밖에서는 레오와 동커르슬로트가 둘 다 무릎까지 눈에 빠진 채, 희미하게 새어 나오는 버스 불빛 아래에서 짐을 꺼내고 있었다. 마침내 동커르슬로트 부인의 가방을 찾아 동커르슬로트가 가방을 열자, 내용물의 절반이 눈밭에 쏟아졌다.

"아, 이런!"

버스 안에서 그 광경을 지켜보던 승객들 사이에서 탄식이 터져 나왔다. 동커르슬로트가 세면도구 가방을 들고 버스에 올라타기까지는 시간이 좀 더 걸렸다. 그 뒤로 머리가 젖고 헝클어진 레오가 따라 들어왔다.

★

굵은 눈송이가 버스 전조등 불빛 속을 가르며 흩날렸다. 버스 안은 얼어붙은 듯 조용했다. 불빛은 희미하게 줄어 있었고, 여기저기 독서등 몇 개만 켜져 있었다.

헤르트는 아무리 호흡을 가다듬고 진정하려 해도, 좀처럼 진정이 되지 않았다. 이번 여행이 이미 세상을 떠난 어머니를 기쁘게 하려는 마음에서 시작되었다는 생각만이 그를 겨우 지탱해 주고 있었다. 그는 두 눈을 감은 채 오로라를 떠올리려 애썼다.

"괜찮아요, 헤르트?"

디디가 걱정스레 물었다. 헤르트는 눈을 떴다.

"공황 발작만은 안 일어나게 하려고 노력하고 있어요."

디디가 놀란 듯 입을 살짝 벌렸다. 그녀는 '공황 발작'이 어떤 모습인지 머릿속으로 상상하며 걱정하는 듯 보였지만, 차마 물어보지는 못했다.

"내가 도와줄 수 있는 게 있을까요?"

그녀가 조심스레 물었다.

"아뇨, 하지만 마음 써줘서 고마워요. 이틀만 더 버티면 돼요."

디디는 더 이상 묻지 않았다. 그 후 헤르트는 헤드폰을 끼고, 외투를 머리 위로 뒤집어썼다. 그건 처음 있는 일이었다. 디디는 눈을 크게 뜨고 헤르트를 몇 초 동안 바라보며 이해할 수 없다는 듯 고개를 저었다.

버스는 마지막 정차 이후, 앞서간 제설차 덕분에 잠시 속도를 낼 수 있었다. 그러나 30분쯤 지나자 제설차를 따라잡았고, 다시 시속 40킬로미터도 되지 않는 속도로, 전조등이 줄지어선 행렬의 끝에서 유령 같은 풍경 속을 기어가듯 움직이게 되었다.

"젠장, 도대체 얼마나 더 가야 돼? 미쳐버리겠어."

갑자기 들려온 날카로운 소리에 모두가 놀라 몸을 움찔했다. 이번에는 시몬 파인하우트였다. 그의 아버지가 아들을 진정시키려 애썼다.

"진정해. 이제 그리 오래 안 걸릴 거야, 아마도. 레오한테 한 번 물어보고 올게."

"이제 별꼴 다 보겠네." 디르크가 크게 한마디했다.

"이제는 미친놈이 소리까지 지르네."

"그 험한 입 좀 다물래요?"

붉은 머리 여성이 디르크를 향해 쏘아붙였다. 디르크는 순간 말문이 막혀 멍하니 있다가, 곧 정신을 차렸다.

"넌 뭔데? 빨간 머리가 뭔데 참견질이야?"

"난 참견하는 게 아니고요, 좀 조용히 해주세요."

"내 입으로 말하겠다는데 무슨 상관이야."

"더 이상 상대하지 마."

붉은 머리 여성의 남편이 단호하게 말했고, 버스 안에는 다시 얼음 같은 침묵이 내려앉았다.

마르코가 운전사에게 다가가 조용히 이야기를 나누었다. 그러자 레오가 마이크를 들었다.

"여러분, 다행히 이제는 조금씩 속도가 붙고 있습니다. 제 예상으로는 자정 이전에는 호텔에 도착할 수 있을 것 같습니다. 방금 호텔 쪽과 연락했는데, 우리가 조금 늦게 도착하는 건 전혀 문제가 되지 않는다고 하네요."

"조금 늦게? 조금? 몇 시간은 늦을 거면서."

버스 안에서 웅성거림이 터져 나왔다.

헤르트는 외투와 헤드폰을 벗었다. 갑자기 뭔가 불안한 생각이 머리를 스쳤다. 그는 한참을 망설이다가 자리에서 일어나, 운전석까지 조심스레 걸어갔다.

“무슨 일이신가요, 푸트만스 씨?”

“운전 시간 규정은 어떻게 되는 건가요?”

헤르트가 낮은 목소리로 물었다.

“무슨 말씀이신지?”

“그 규정에 따르면, 지금 이건 안 되는 거잖아요.”

레오는 눈을 가늘게 뜨고 헤르트를 뚫어지게 바라보았다. 그리고 조용하지만 위협적인 말투로 대답했다.

“푸트만스 씨, 지금은 그 규정을 꺼내기에 적절한 때는 아닌 것 같네요. 그 얘기를 계속하시면, 상황이 정말 통제 불능으로 갈 수도 있습니다. 제 말, 이해하시죠?”

헤르트는 잠시 생각하다가 대답했다.

“네, 무슨 뜻인지 알겠습니다.”

“그럼 자리로 돌아가시는 게 좋겠습니다.”

헤르트는 조용히 자기 자리로 돌아갔다.

“무슨 일이야?”

디디가 물었지만, 헤르트는 이미 다시 헤드폰을 쓰고 외투를 머리 위로 덮어버린 상태였다.

★

밤 12시 15분, 버스는 골이라는 마을에 있는 스토레프엘 호텔 정문 앞에 멈췄다. 버스 안에는 안도감이 일렁였다. 건물 안에서 불빛이 새어 나오고 있었다.

레오는 자신이 객실 카드키를 받아올 테니 잠시만 자리에 앉아 있어달라고 부탁했다. 여행객 대부분은 체념한 듯 얌전히 기다렸지만, 암스테르담 일행을 포함한 몇몇 사람은 참지 못하고 먼저 내려 짐칸 앞에 서서 가방을 받기 위해 기다렸다. 제일 먼저 들어가려는 속셈이었다.

레오가 객실 카드키를 들고 돌아왔을 때, 그는 밖에 서 있던 사람들을 무시하고 그대로 버스 안으로 들어왔다.

"야, 기사 양반, 우리 여기 있잖아!"

로드니가 소리쳤지만, 레오는 못 들은 척했다. 그 모습에 버스 안에서는 웃음 섞인 통쾌함이 피어났다. 조급하게 서 있던 사람들이 이제는 눈 속에서 덜덜 떨고 있었기 때문이다.

"여러분, 좋은 소식이 있습니다. 짐을 방에 두신 후에 식당으로 내려오시면, 뷔페가 준비되어 있을 겁니다. 호텔 직원분들의 배려 덕분입니다. 그리고 오늘 도착이 늦어진 관계로 내일 출발 시간을 조금 늦추겠습니다. 아침 9시 15분 출발로 하겠습니다. 조식은 7시 30분부터 9시까지 드실 수 있습니다. 오늘의 지연에 대해 다시 한번 사과드립니다. 자연은 정말 어렵죠. 아무리 올드 미스터리 투어라도 자연을 길들일 순 없네요.”

그는 억지로 웃는 듯한 미소를 지었다.

약 10분 후, 첫 번째 여행객들이 거대한 식당으로 들어왔다. 식당은 대부분 어둠에 잠겨 있었고, 한쪽 구석에 몇 개의 테이블 위와 뷔페 쪽에만 불이 켜져 있었다. 마치 며칠 동안 아무 것도 먹지 못한 것처럼 사람들은 먹을거리 앞에서 서로 밀치며 몰려들었다.

하지만 곧 실망이 뒤따랐다. 감자칩, 빵, 식은 파스타, 몇 조각의 소시지와 치즈 그리고 시들어버린 샐러드 몇 종류가 전부였다.

헤르트는 식당으로 들어갈까 말까 한참 망설이며 멀찍이서 뷔페를 잠깐 바라보았다. 그러고는 몸을 돌려 방으로 돌아갔다. 트윅스 두 개를 다이어트 콜라와 함께 먹고, 잠옷으로 갈아입은 뒤 침대에 누웠다. 양치할 기운도 없었다.

그날은 그의 인생에서 단연코 가장 스트레스가 심한 날이었다. 좀처럼 진정이 되지 않아 몸 전체가 덜덜 떨렸다. 몇 시간이 지난 뒤에야 간신히 뒤척이며 잠에 들 수 있었다.

10월 23일, 월요일

아침 9시 5분, 헤르트가 방문을 열자마자 맨 처음 눈에 들어온 것은 샤프 자매였다. 그녀들은 긴 복도 한가운데에서 망설이는 듯 서 있었다.

그들은 어느 쪽으로 가야 할지 의견을 모으지 못하고 있었다. 헤르트는 재빨리 다시 방 안으로 들어왔다.

"이런 걸로 하루를 시작할 순 없지."

그가 자신에게 속삭였다. 아침에 그를 겨우 일으켜 세운 건, 여행이 거의 끝나간다는 생각뿐이었다. 그 생각 덕분에 그는 간신히 세수하고, 양치질하고, 옷을 입을 수 있었다.

그는 드렌터 자매들의 소리가 더 이상 들리지 않을 때까지 기다렸다가 문밖을 살짝 내다본 뒤, 재빨리 식당으로 향했다. 거기서 그는 빵 두 개와 소시지 몇 조각을 냅킨에 싸고, 물 한 잔을 마신 후 곧장 버스로 갔다. 고개를 숙인 채 버스에 올라탄 그는 자리를 찾아 조용히 앉았고, 무릎 위에 헤드폰을 내려놓았다.

"좋은 아침이에요, 헤르트."

안네미가 말했다.

"아직은 말할 기분이 아니신 것 같네요?"

"맞아요. 미안해요."

"괜찮아요, 미안해하지 마요."

눈은 더 이상 내리지 않았다. 대신 짙은 안개가 끼어 있었다.

버스 안 분위기는 무거웠다. 레오의 아침 인사조차 담담하게 들렸다.

"좋은 아침입니다, 여러분. 모두 탑승해 주셔서 감사하고, 제시간에 출발할 수 있어 기쁩니다. 오슬로 근처에 다다르면 다시 안내해 드리겠습니다."

헤르트는 창밖을 바라보았다. 하지만 안개 탓에 보이는 건 거의 없었다.

그는 올드 미스터리 투어에서 받은 여행 일정표를 떠올렸다. 어제 그들은 론다네 국립공원을 지났고, 오늘도 같은 구간을 다시 지난다고 했다. 헤르트는 창문에 비친 자신의 얼굴을 바라보며 고개를 저었다.

"결국은 멋진 국립공원 안에서 420킬로미터를 달렸으면서 아무것도 못 보고 지나가는 셈이네." 그가 중얼거렸다.

자리 교대 시스템에 따라, 헤르트는 다시 버스 뒤쪽으로 이동했다. 복도 건너편에는 그가 지금껏 한마디도 나눠본 적 없는 한 여성이 앉아 있었다. 그 여자는 닷새째 똑같은 초록색 원피스를 입고 있었고, 몇 분 간격으로 거칠게 기침을 하며 헤르트의 주의를 끌었다.

헤르트는 짜증이 나서 헤드폰을 썼다. 속이 약간 메슥거리는 기분이었다. 아무 말도 하지 마, 아무 말도 하지 마. 그는 스스로에게 다짐했다. 그러나 몇 분 뒤, 그는 화난 듯한 손짓으로 헤드폰을 벗고는 앞으로 몸을 기울여 초록 원피스를 향해 말했다.

"기침 좀 작게 해주실 수 있나요?"

여자는 눈을 크게 떴다.

"작게 하라고요?"

"헤드폰을 껴도 기침 소리가 다 들려요."

"그럼 소리를 조금 더 키우면 되지 않나요?"

"그건 제 귀에 안 좋아요. 당신이 기침을 좀 작게 해주셔야 해요."

"하지만 전 심하게 감기에 걸렸어요."

"그리고 전 소리 혐오증이 있어요."

초록 원피스를 입은 여성은 이해하지 못하겠다는 얼굴로 헤르트를 바라보았다. 안네미가 대신 설명했다. 헤르트는 특정 반복 소리에 과민 반응을 보인다고. 헤르트는 격하게 고개를 끄덕이며 맞다고 했다.

"아, 미안해요. 최대한 조용히 기침하려고 노력할게요."

안네미는 여성에게 남편과 자리를 바꾸는 건 어떻겠냐고 제안했고, 그녀는 순순히 따랐다.

"어쩌면 좀 나아질지도 모르죠."

이후 그녀가 손으로 가리며 가능한 한 조용히 기침하려 애쓰는 모습은 안쓰럽고도 뭉클했다.

그녀의 남편은 우아한 흰 수염을 기른 친절한 노신사로 자신을 벤이라고 소개했는데, 아내가 기침을 하면 잠깐 몸을 기울여 복도 건너편에 앉은 사람들에게 조심스럽게 사과하곤 했다. 그 덕분에 헤르트도 조금씩 긴장을 풀기 시작했다. 그는 속으로 끊임없이 되뇌었다.

'이틀만 더. 이틀만 더. 이틀만 더.'

레오는 커피 겸 화장실에 들르기 위해 45분간 정차하겠다고 공지했다.

헤르트는 먼저 화장실에 몰려든 인파가 빠지길 기다렸다가 천천히 일어나 화장실로 향했다. 그리고 칸 하나에 들어갔다.

그가 막 바지를 무릎까지 내리고 앉았을 때, 밖에서 누군가 부르는 소리가 들렸다.

"샤크, 거기 있어?"

아무 대답이 없었다.

"샤크, 거기 있는 거야?"

이번에는 목소리가 조금 더 커졌다.

"샤크?"

그녀는 이제 꽤 큰 소리로 이름을 부르며, 모든 화장실 문을 차례로 밀어보았다. 그 순간, 헤르트가 앉아 있던 칸의 문도 벌컥 열렸고, 회색의 곱슬머리 하나가 문틈으로 고개를 들이밀었다. 헤르트는 반사적으로 문을 거칠게 잡아당겨 다시 닫았다. 그 여자는 깜짝 놀라 뒤로 물러섰다.

"죄송해요, 정말 죄송해요."

그녀는 유별나게 높은 목소리로 외쳤다.

그녀 뒤쪽, 출입문 너머에 샤크가 나타났다.

"나 찾고 있었어?"

"세상에 샤크, 도대체 어디 있었던 거야?"

"당신 남편 이름이 '세상에 샤크'인가요?"

암스테르담 출신 디르크의 목소리였다. 곱슬머리 여자는

무언가 더듬더듬 말했지만 알아들을 수 없었고, 이내 남편의 팔을 잡고 식당 쪽으로 끌고 갔다.

디르크는 그냥 넘기지 않았다.

"아마 개줄이라도 매야 할지도 모르겠네?"

헤르트는 여전히 바지를 내린 채 앉아 있었다. 온몸이 떨렸다. 그는 몇 분 동안 미동도 하지 않고 사람들이 모두 떠나기만을 기다렸다. 아무도 없다는 게 확실하다는 생각이 들었을 때야 겨우 칸에서 나왔다. 그는 낮게 중얼거렸다.

"이틀만 더. 이틀만 더."

버스로 돌아오자, 안네미가 다시 올드 미스터리 투어로부터 메일을 받았다고 전했다. 이번에는 라인강을 따라 떠나는 7일 크루즈 여행 50유로 할인이었다.

"이건 좀 괜찮아 보이는데. 어떻게 생각해요, 헤르트?"

"별로예요."

"그쪽은 단체 여행 스타일은 아닌 것 같아요."

안네미가 말했다.

"이건, 뭐… 욕은 아니고요."

"이 여행은 이제 끝났어요."

헤르트가 약간은 엄숙하게 말했다.

"예수님 같네요, 방금 그 말투."

옆자리에 앉은 안네미가 농담을 던졌다.

"어머니께 약속드린 일이었거든요."

헤르트는 진지하게 대답했다.

"그리고 이제 끝났어요."

그는 헤드폰을 쓰고 창밖을 바라보았다. 안네미는 옆에서 이상한 눈으로 그를 쳐다보았다.

"약 20분 후면 오슬로에 도착합니다. 그곳에서 우리 가이드를 만나고요. 대략 1시간 30분 정도 도보로 시내를 둘러볼 예정입니다. 중간에 커피나 다른 걸 마실 수 있는 휴식 시간도 있습니다."

레오의 목소리는 다시 예전처럼 밝았다. 헤르트 뒤쪽 자리에서는 깊은 한숨 소리가 들렸다.

"그리고요." 레오가 말을 이었다. "도보 투어는 물론 의무가 아닙니다. 원하지 않으시는 분들은 버스에 남아계셔도 되고요. 저는 그분들을 먼저 호텔로 모셔다드릴 겁니다. 도시를 둘러보고 싶으신 분들은… 음, 5시쯤 다시 모이도록 하죠. 그건 가이드와 다시 조율하겠습니다."

헤르트는 망설였다. 어떻게 하면 최대한 사람들과 부딪히지 않고 오후 시간을 보낼 수 있을까?

"도시 투어 갈 거예요, 헤르트?"

안네미가 물었다. 그는 고개를 저었다.

"아쉽네요." 안네미가 말했다. "같이 가면 좋을 것 같았는데."

그 말에 헤르트는 잠깐 동요했다. "음… 그러게요." 그가 겨우 짜낸 대답이었다.

잠시 후, 헤르트는 도보 투어에 참여하는 사람들과 함께 버스에서 내렸고, 기사에게 자신은 따로 걷겠다고 말했다.

"저는 호텔까지 걸어가겠습니다. 나중에 제가 없다고 찾으러 다니지는 마세요."

레오는 놀란 듯 헤르트를 바라보았다.

"정말 확실하신가요, 푸트만스 씨?"

헤르트는 확신에 차 있었다. 그는 이미 호텔 이름을 구글 지도에 입력해 두었고, 휴대폰 화면을 한 번 확인하고는 아무 말 없이 뒤돌아 길을 나섰다.

세 번째 골목을 돌아서서야 그는 걸음을 늦추고 주위를 둘러보았다. 마치 물속 깊이 눌려 있다가 이제야 수면 위로 떠올라 숨을 쉴 수 있게 된 기분이었다. 알 듯 말 듯한 '지인'들이 가까이에서 맴돌며 만들어내는 그 질식할 듯한 무게. 신의 은총처럼 이제 그는 아무것도 요구하지 않고 아무것도 모르는 완전히 낯선 이들 사이에서 혼자였다. 그 완전한 무(無)의 아름다움. 헤르트는 벤치에 앉아 잠시 눈을 감았다. 그리고 가방에서 트윅스와 다이어트 콜라를 꺼내 조용히 먹고 마셨다.

오슬로에는 흐린 햇살이 조용히 퍼지고 있었고, 눈은 자취도 없이 사라진 상태였다.

여행객들은 이날 아침 레오의 배려로 늦잠을 잘 수 있었다. 버스는 오전 10시에야 오슬로에서 출발해 여행의 마지막 구간으로 향했다.

출발한 지 얼마 지나지 않아 디디가 말했다.

"어제 저녁 식사 때 그쪽이 없어서 아쉬웠어요. 같이 있었으면 좋았을 거라 이야기했었죠."

헤르트는 디디를 바라보았다. 그녀가 농담을 하는 건지 확신이 서지 않았다.

"방에 있었어요." 그가 마침내 대답했다.

"아팠어요?"

"아니요."

디디는 잠시 기다렸지만 이내 더 이상의 설명은 없을 거라는 걸 알아챘다.

"자, 이제 마지막 구간이네." 그녀는 화제를 돌렸다. "오늘은 얼마나 가야 하죠, 헤르트?”

“예테보리까지 300킬로미터예요.”

“그리고 그다음 배 타는 건 얼마나 걸려요?”

“그건 몰라요.”

디디는 놀란 듯 헤르트를 바라보았다.

“모른다고? 당신은 항상 알고 있잖아요.”

헤르트는 무언가 말하려다 잠시 멈췄고, 다시 대답했다.

“이건 몰라요.”

헤르트는 전날, 스칸딕 헬스퓌르 호텔까지 2시간 넘게 걸어가는 동안 들른 슈퍼마켓에서 저녁과 아침을 대신할 충분한 음식과 음료를 사두었다. 그날 밤 그는 호텔 방에서 아주 조용한 저녁 식사를 했다. 빵 두 개, 바나나 하나, 트윅스 하나. 그리고 아침에는 빵 두 개, 사과 하나, 트윅스 하나로 조용히 식사했다.

지금까지 헤르트는 한 번도 이렇게 오랫동안, 그리고 이렇게 강도 높게 사람들 속에 있어본 적이 없었다. 그 부담은 점점 신체적 긴장과 정신적 혼란이라는 형태로 드러나기 시작했다.

“휴식, 청결, 규칙적인 생활이 가장 중요하다.”

이것은 어머니에게 배웠고, 자신에게도 되풀이해 온 말이었다.

지난 며칠의 혼란 속에서 그는 자신의 수첩에 이동 거리와 평균 속도를 기록할 틈조차 없었다. 이제야 겨우 시간을 내어 그간의 기록을 정리할 수 있었다.

10월 22일 일요일, 480km,
평균 속도: 시속 28km(최저 기록)
10월 23일 월요일, 200km
평균 속도: 시속 69km(최고 기록)

그 후 그는 샤워를 했다. 월요일이었지만 말이다. 그리고 배 안에서 사용할 작은 배낭을 챙겼다. 마지막으로 한참을 망설이며 여행 가방 위에 몸을 굽히고 서 있었다.

★

헤르트는 헤드폰을 쓴 채 스웨덴의 풍경이 흘러가는 창밖을 바라보고 있었다. 여행의 끝이 다가오고 있었다. 힘든 시간이었지만, 결국 모든 것이 어느 정도는 계획대로 진행되었다.

그는 오로라를 보았고, 어머니에게 했던 약속도 지켰다. 이제 만족할 수 있었고, 더는 바랄 게 없었다.

디디가 그의 어깨를 톡톡 두드렸다. 헤르트는 헤드폰을 벗었다.

"오늘 저녁에 배에서 우리랑 같이 저녁 먹을래요?"

디디가 물었다.

예상치 못한 제안에 무언가가 목구멍까지 턱 하고 치밀어 올랐다. 그는 이런 상황에서는 "좋은 생각이네요"라고 말하는 것이 바람직하다는 걸 알고 있었다.

"좋은 생각이에요."

"잘 됐다. 그럼 8시에 만날까요?"

잠깐의 침묵이 흘렀다.

"좋은 생각이긴 한데… 갈 순 없을 것 같아요."

그가 낮게 말했다. 디디는 이해하지 못한 얼굴로 그를 바라보았다.

"다른 약속이라도 있는 거예요?"

헤르트는 고개를 저었다.

"그럼…?"

디디가 다시 조심스럽게 물었다. 그는 또다시 고개를 저었다.

그때 그들 뒤쪽에서 샤프 자매가 갑자기 시끄럽게 움직였다.

"집에 가면 제일 먼저 으깬 감자에 케일을 섞어 먹을 거야." 안티여가 선언했다.

"먼저 자는 게 아니고?" 언니가 놀라며 물었다.

"아, 물론 잠도 자야지…."

"으깬 감자 진짜 맛있지. 소시지 얹어서."

"그런데 나는…."

그녀는 목소리를 낮추며 언니에게 몸을 기울였다.

"그거 먹으면 방귀가 좀 많이 나와."

"그건 그거 때문이지. 양파." 언니가 맞장구쳤다.

"아, 맞다."

헤르트는 눈치채지 못할 정도로 살짝 몸을 떨었다.

"미안해요." 그가 디디에게 말했다.

"괜찮아요." 그녀는 부드럽게 대답했다.

레오가 안내 방송을 했다.

"여러분, 곧 항구에 도착합니다. 탑승 절차는 올 때와 같습니다. 제가 곧 여러분의 여권을 수거하러 다니겠습니다. 제가 일괄 체크인할 거예요. 하룻밤 동안 필요한 짐, 다들 챙기셨죠? 혹시 못 챙기셨다면, 차량이 배 안으로 들어간 직후에 짐칸에서 다시 확인하실 수 있습니다. 그 이후엔 접근이 안 되니, 꼭 지금 확인해 주세요."

잠시 후, 레오는 여권을 돌려주고 객실 호수를 나눠주었다. 모두가 버스에서 내렸고, 헤르트는 거의 마지막 즈음에 내렸다.

헤르트는 레오에게 다가가 말했다.

"당신은 훌륭한 기사였고, 좋은 여행 인솔자였어요."

레오를 보지도 않은 채 한 말이었다. 레오는 놀란 듯했다.

"오, 음… 아직 집에 도착하진 않았지만…. 그래도 고맙습니다, 푸트만스 씨. 그렇게 말씀해 주시니 기쁘네요."

★

헤르트는 자신의 선실을 둘러보았다. 모든 것이 말끔하게 정돈되어 있었다.

그는 선실의 둥그렇고 작은 창문을 통해 바깥을 내다보았다. 스테나 스칸디나비카호는 2시간 전에 예테보리 항구를 떠나 이미 공해상에 들어서 있었다. 시계를 보았다. 자정이 가까워지고 있었다.

헤르트는 외투를 입고, 배낭을 메고, 객실 문을 나서 뒤로 조용히 문을 닫았다.

그는 계단 쪽으로 걸어가 네 개의 계단을 올라 10번 갑판에 도착했다. 그러고는 배 뒤쪽의 갑판으로 천천히 걸어갔다. 가는 길에는 그 누구도 마주치지 않았다. 배는 마치 텅 빈 듯 적막했다. 그는 약간의 힘을 줘 문을 열고 갑판 바깥으로 나갔다. 찬 바람이 얼굴을 스쳤다.

헤르트는 잠시 눈을 감고 깊게 숨을 들이마셨다. 그런 다음, 조명이 닿지 않는 배의 뒤편으로 천천히 걸어가 고개를 들어 찬란하게 빛나는 별이 가득한 하늘을 올려다보았다. 동화처럼 신비로웠던 오로라가 펼쳐진 밤을 떠올리자 마음 깊숙이 충만한 만족감이 들었다.

레오가 다시 물었다.

"푸트만스 씨를 보신 분 계신가요?"

누구도 대답하지 않았다. 이미 20분째 시동이 걸려 있었고, 다들 버스에 앉아 있었다. 단 한 자리, 미케의 옆자리만이 비어 있었다. 미케는 걱정스러운 표정으로 버스 주변의 갑판을 이리저리 살폈다. 그녀는 그 신비로운 여행 친구가 보이지 않아 불안했다.

밖에서는 형광색 조끼를 입은 선박 직원 두 명이 다급하게 손짓하며, 어서 출발하라고 재촉하고 있었다. 레오는 최대한 그들을 무시하고 버티는 중이었다. 버스 뒤편에서 끊임없이 경적이 울리고, 선박 직원 중 한 명이 손바닥으로 운전석 옆 유리를 세게 두드리기까지 했다. 결국 레오는 아주 천천히 출발했고, 차는 배에서 내려 육지를 향해 나아갔다.

오로라를 따라간 푸트만스 씨

1판 1쇄 인쇄 2025년 12월 24일
1판 1쇄 발행 2026년 1월 5일

지은이 헨드릭 흐룬
옮긴이 최진영

펴낸이 김봉기
출판총괄 임형준
편집 안진숙
교정교열 김민영
디자인 산타클로스
마케팅 선민영, 조혜연, 임정재

펴낸곳 FIKA[피카]
주소 서울시 강남구 테헤란로 26길 14, 5층
전화 02-3476-6656
팩스 02-6203-0551
홈페이지 https://fikabook.io
이메일 book@fikabook.io
등록 2018년 7월 6일(제2018-000216호)

ISBN 979-11-93866-42-9 03850

피카 출판사는 독자 여러분의 아이디어와 원고 투고를 기다리고 있습니다.
책으로 펴내고 싶은 아이디어나 원고가 있으신 분은 이메일 book@fikabook.io로 보내주세요.